SHODENSHA
SHINSHO

100冊の自己啓発書より

「徒然草」を読め！

適菜 収

祥伝社新書

はじめに　『徒然草』は過激な思想書だ！

つれづれなるままに、日ぐらし、硯《すずり》にむかひて、心にうつりゆくよしなしごとを、そこはかとなく書きつくれば、あやしうこそものぐるほしけれ。（序段）

学校の国語の教科書に載っている有名な一文です。

現代日本語に訳せば、暇《ひま》にまかせて心に浮かんでは消えていく、なんでもないようなことを、なんとなく書いていると、だんだん自分の頭がおかしくなっていくような気分になるということです。

『徒然草《つれづれぐさ》』には、世をはかなんだ老人が、仏教思想に基づいたわびさびをおだやかに語ったというイメージがあるかもしれませんが、それは間違いです。

兼好法師《けんこうほうし》は「腐《くさ》った世の中と戦え」と言ったのです。

兼好法師は、目が見える人間でした。

人間の本性も宗教の本質も見抜いていた。

世の中の多くの人間は、目の前にある障害に気づかず、同じ過《あやま》ちを繰り返している。

それを指摘すれば、逆に、狂人扱いされることもある。

しかし、見たものは見たのである。

だから、兼好法師は、自分が狂っているのか、それとも世の中が狂っているのかと自問自答を繰り返しながら、自分が見たものを語ったのです。


一流の人間はすべて同じです。

一流の画家は、普通の人間の目に映らないものを見てしまう。そしてそれを描く。クロード・モネのように。

一流の音楽家は、普通の人間には聞こえない音を聞いてしまう。ヴォルフガング・アマデウス・モーツァルトのように。

一流の思想家は、普通の人間が気づかない歴史の流れに気づいてしまう。アレクシ・

ド・トクヴィルのように。
兼好法師も人間の本質が見えすぎるほど見えてしまった。
彼が言ったのはこういうことだ。

世論に流されるな！
薄汚い人間になるな！
高を括《くく》るな！
知ったような顔をするな！
不安に支配されるな！
ひるむな！
本当のことだけを言え！

人間の儀式、いづれのことかさりがたからぬ。**世俗の黙止《もだ》**しがたきにしたがひて、これを**必**ずとせば、**願**ひも多く、**身**も苦しく、**心**の暇もなく、**一生は雑事の小節**にさへ

られて、空しく暮れなん。日暮れ塗《みち》遠し、吾が生《しよう》すでに蹉跎《さだ》たり。諸縁を放下《ほうげ》すべき時なり。信をも守らじ。礼儀をも思はじ。この心をも得ざらん人は、物狂《ぶつきよう》とも言へ。うつなし、情なしとも思へ。誹《そし》るとも苦しまじ。誉《ほ》むとも聞きいれじ。（第一一二段）

人間社会のしきたりや儀礼は無視することはできない。しかし、世俗のことばかりにとらわれれば、望みも多くなり、身体も苦しくなり、心の暇もなくなってしまう。そして一生はこまごまとした雑事をこなすだけになり、むなしく終わる。

だから兼好は叫ぶ。

あらゆる縁を捨て去ってしまえ！
信頼関係や礼儀などクソくらえだ！
頭がオカシイと言いたければ言え！

正気を失っていると言え！
人情に欠けていると言え！
人が文句を言おうが褒めようが知ったことではない。

兼好法師は『徒然草』でこういうことを言ったんですよ。
決して、ものわかりのよい老人ではない。
彼は単に「常識を破壊せよ」と言っているのではありません。
世の中で「常識」とされているものは、本当に「常識」なのか問い返せと言ったのだ。
そして、腐った社会に対し、呪詛《じゅそ》の言葉を投げつけた。
お前らの愚劣な正体を全部見抜いてやると。

兼好法師は鎌倉時代末期から南北朝時代の人間です。にもかかわらず、彼は現在の西欧の思想と同じ地平に達していた。

なぜか？

いつの時代においても、目が見える人間は、多くのものが見えるからです。

これを一般に「見識」という。

見識のある人間は、状況判断を大きく間違えることはありません。

変なものが出てきたときにすぐに「これは変だ」とわかる。

一方、見識がなければ、いくら知識があっても、すべてを間違えます。

では見識を身につけるにはどうしたらいいのか?

見識のある人間の思考回路をなぞればいいのです。

本書では『徒然草』のハイライトの部分を引用し、その前後も含めた現代語訳を載せ、私のコメントを追加しました。なお、原典からの引用は主に『新版 徒然草 現代語訳付き』(角川ソフィア文庫)を使用しています。

『徒然草』は、現代人の固定観念をぶち壊す過激な思想書です。書店に積まれている自己啓発書100冊を読む暇があるなら、『徒然草』を読んでほしい。

適菜《てきな》 収《おさむ》

■『徒然草』成立の背景

『徒然草』は鎌倉後期の随筆である。全二巻。成立年時不明。古い写本では章段番号はついていなかったが、江戸時代になり木版印刷が普及し、序段から二四三段まで番号が振られたことで、読みやすさが増し、人気の古典となった。

なお兼好が何歳頃の作品かもよくわかっていない。

内容は多岐にわたり、まさに、連想の赴《おもむ》くままに書きつづったものではあるが、切り口は鋭い。

人間評論も政治論も恋愛論もある。そして、ユーモアがある。

兼好は「当世風」を嫌ったが、これは今の時代においても頷《うなず》きながら、新鮮に読むことができる。

兼好は和漢の古典の影響を大きく受けていた。『徒然草』は、室町時代には一部の知識人にしか知られていなかったが、江戸時代初頭から読者が急増した。清少納言《せいしょうなごん》の『枕草子《まくらのそうし》』、鴨長明《かものちょうめい》の『方丈記《ほうじょうき》』と並ぶ随筆文学の最高傑作である。

目次

第三章 神仏と無常について

第四章 避けることができない死について

第五章 生活の知恵について

第六章 知性とは何か？

第七章
よい趣味と悪い趣味

第八章
人付き合いと会話の心得

本文DTP　アルファヴィル・デザイン
JASRAC出2108281-101

第一章

わたしたちを苦しめる「欲望」について

過度の欲望を慎め

人間は欲望によって突き動かされている。

こればかりはどうすることもできない。

「五欲」という仏教用語がある。

目、耳、鼻、舌、身の五つの感覚器官が、それぞれ色、声、香、味、触（触れられるもの）の五つの感覚対象に執着して引き起こされる五種の欲望のことだ。

もっとも根源的な欲望は、食欲、性欲だろう。前者が充《み》たされなければ生命は終わるし、後者が充たされなければ種が絶滅する。

このように欲望と死は深い関係にある。

また、欲望が充たされても次から次へと新しい欲望が湧く。

そこで兼好が説くのが仏の教えである。

それは過度な欲望は、わたしたちを苦しめるということだ。

俗世間から高い評価を受けたところで、たいした意味はないし、使い切れないほどカネを稼ぐのも意味はない。

高望みしすぎて、何も達成せず、人生を棒に振るのもばかばかしい。

一方、欲望を抑えることで、幸せになるということもある。

この章で兼好はそのヒントを述べていく。

ちなみに私は名声も欲しくないし、カネも日々の飲み代くらいあればいいと思っている。

宝くじが当たるとしても、一〇〇億円はいらない。一〇億円なら欲しいけど。

そのくらいなら、飲み代で使い切る自信はある。

あ、これも煩悩か……。

欲望は尽きない

いでや、この世に生れては、願はしかるべきことこそ多かめれ。（第一段）

この世に生れてくると、あれが欲しいこれが欲しいと思うことが多くなる。それでも、天皇のような地位を求めるのはおこがましいし、不謹慎である。摂政や関白、それより下の一般の廷臣《ていしん》でも、身辺護衛のための随身《ずいじん》がつくような階層は立派なものもある。

その子、孫くらいまでは没落したとしても、まだどことなく気品が感じられる。それより下になると、家柄に応じて時運に乗じ、そこそこ出世して得意顔になっていても、はたから見ればばくだらない。

清少納言が『枕草子』で「法師ほど羨《うらや》ましくないものはない」と書いたのもそのとおりだ。

名僧の増賀上人《ぞうがしょうにん》が言ったように、俗世間から高い評価を得るのは、坊主としておかしいのだ。

それは、脱俗を説く仏の教えに背いている。

徹底して俗世間と絶交する世捨て人のほうが、かえって理想にかなっている。

「生臭坊主」は昔からいる。欲望丸出しの俗物は顔も醜《みにく》い。

愛欲だけは避けられない

兼好は言う。

まことに、愛着《あいぢやく》の道、その根深く、源《みなもと》遠し。六塵《ろくぢん》の楽欲《げうよく》多しといへども、皆厭離《えんり》しつべし。その中にただかの惑ひのひとつやめがたきのみぞ、老いたるも若きも、智あ

るも愚かなるも、かはる所なしと見ゆる。（第九段）

世の中には人間の欲望を刺戟するものがたくさんあるが、避けて通ることはできる。しかし、その中でただ一つ、愛欲の迷いだけはとどめ得ないことは老若賢愚《ろうにゃくけんぐ》、一切変わるところはない。

だから、女性の髪をよってつくった綱には、大きな象もしっかりとつなぎとめられるし、女性の下駄《げた》でつくった笛には、秋の牡鹿《おじか》が必ず寄ってくると言い伝えられている。自ら戒《いまし》めて、恐れ慎むべきは、この愛欲という惑《まど》いである。

この一つ前の第八段には、久米《くめ》の仙人（奈良時代の伝説的な仙人）は洗濯している女性の脛《はぎ》が白いのを見て、神通力を失ったとある。仙人も本能には負ける。これは私が大好きな話です。

ミカンの木と人の欲

かくてもあられけるよとあはれに見るほどに、かなたの庭に、大きなる柑子《かうじ》の木の、枝もたわわになりたるが、まはりをきびしく囲ひたりしこそ、少しことさめて、この木なからましかばと覚えしか。（第一一段）

ある山里に住む人に会う用事があったので、私は苔《こけ》の細道を踏み分けて歩いていった。

すると物寂し気な庵《いおり》があった。

木の葉に埋もれた懸樋《かけひ》から滴《したた》り落ちる水の他は、音を立てるものはない。

仏に供える棚に菊や紅葉などが折られて置いてあるのは、こんな場所でも、それでも住む人がいるからだろう。

こんなところで、よく静かに暮らしているものだと私は感心した。

その向こうの庭に大きなミカンの木があった。たくさんの実がなっていたが、そのまわりには、厳重な囲いがあった。

私は興ざめしてしまった。そして、この木がなければよかったのにと思った。

そんな人里から離れたところでも、人の欲望は消えることはない。

巨富は身を滅ぼす

兼好は言う。
名利《みやうり》に使はれて、閑《しづ》かなる暇なく、一生を苦しむるこそ、愚かなれ。（第三八段）
——名声と欲にとらわれて、心静かに過ごす暇もなく、苦しんで一生を終えるのは愚かなことだ。

財産が多いと、身を守ることに心を乱すようになる。

財産が危害や災いを招いてしまうわけだ。

死んだ後に北斗七星《ほくとしちせい》まで届くほどの財産があったとしても、遺族にとっては、わずらいとなるに違いない。愚かな人の目を喜ばせる富もつまらないものだ。大きな牛車《ぎっしゃ》、肥えた馬、黄金の装飾品も、心ある人にとっては、嫌らしく愚かなものにすぎない。そんなものは投げ捨ててしまえばいい。

利欲に惑うのは、もっとも愚かな人間だ。

最初からカネがなければ、カネを失う心配もない。

地位も名声もない人間は自由である。

肩書にとらわれない

兼好は言う。

埋もれぬ名を長き世に残さんこそ、あらまほしかるべけれ、位高く、やんごとなきをしも、すぐれたる人とやはいふべき。（第三八段）

名声を後世に長く残したいと願うのはもっともかもしれないが、位が高く、尊貴な人が、必ずしもすぐれているとは限らない。

愚かで人品《じんぴん》が劣《おと》る人でも、名家に生まれ、時流に乗れば、高い位につき、おごりを極めることもある。すぐれている賢人や聖人でも、自分から賤《いや》しい位に甘んじて、時勢にあわずに終わってしまうこともよくある。

だから、ひたすら高い官位を望むのも、利欲に惑うことに次いで、愚かなことである。

わが国においても、愚かで人品が劣る人が名家に生まれ、時流に乗って高い位につき、おごりを極めて、悪政の限りを尽くした。

バカが総理大臣になったり、デマ屋が京大教授になったり、家庭内暴力を繰り返すヤンキーだった人物が法務副大臣になったり、時計泥棒が官房参与になったり。これほど強烈なアメリカン・ドリームは日本にしかない。

必要なのは人間の正体を見抜くことだ。肩書にとらわれるのは愚かである。

健康至上主義はアホくさい

兼好は言う。

身を養ひて何事をか待つ。期《ご》するところ、ただ老《おい》と死とにあり。（第七四段）

蟻《あり》のように都《みやこ》に集まって急いで走り回っている人たちがいる。

その中には身分の高い者も賤しい者もいる。

老人も若者もいる。

行く場所があり、帰る家もある。

夜になれば寝て、朝になれば起きる。

こうしたあくせくした人の営みとはなんなのか？

やたらと健康に気をつかう人はそれにより、何を期待しているのか？

確実に未来にやってくるのは老いと死だけである。

そして、それはすぐである。

雑事に迷う人間は、それを怖れない。名誉や利益に心を奪われて、死が近いことを顧《かえり》みないからである。

また、愚かな人間は、老いと死を悲しむ。世界が永久不変であると思って、万物が時々刻々と変化してやまないという道理を知らないからである。

昔「健康のためなら死んでもいい」というギャグがあったが、健康至上主義者は健康を害したときに、生の目的を見失う。人間は日々、完結するように生きなければならない。行為と目的を一致させるということだ。

完全を目指さない

兼好は言う。

すべて何も皆、ことのととのほりたるはあしきことなり。（第八二段）

「薄絹で装丁した本の表紙はすぐに傷むので困る」とある人が言った。すると歌僧の頓阿《とんな》（鎌倉時代後期から南北朝時代の僧・歌人）が「薄絹の表紙は、天地の糸がほつれ、螺鈿《らでん》（貝殻の内側の真珠層を切り出し、はめ込む工芸手法）で装飾された軸は貝が落ちてからが味わい深い」と言った。

私はこの言葉に感心した。

何冊かで一揃いになっている草紙なども、それぞれの装丁が揃っていないと、人は見苦しいと言う。

しかし、弘融僧都《こうゆうそうず》（仁和寺《にんなじ》の僧侶）は、「物を絶対に完備させようとするのは、つまらない者がすることだ。不揃いこそ味わいがある」と言った。

これにも私は感心した。

整然としているものがいいとは言えない。

やり残したことをそのままにしてあるのは、かえって趣がある。

ある人が「内裏《だいり》（天皇の御所）を造るときには、必ず未完成の場所を残す」と言った。

古典だって、章段の欠けていることがずいぶんある。

完全を目指せば、必ず不満が残る。

人間はそもそも不完全な存在である。

それに気づけば、心に余裕が生まれる。

大欲は無欲に似たり

ある大金持ちがこう言った。

「人はあらゆることをさしおいて、ひたすら金持ちを目指すべきだ。貧しくては生きているかいがない。金持ちだけが人間らしい人間だ。金持ちになるには、心構えが大事だ。それは、この世が永久不変であるという信念を抱いて、万が一にも無常観にとらわれたりしないことだ」

さらに大金持ちはこう言った。

「やりたいことを全部やり遂げようとしないことだ。人の世にある限り、自分のことについても、他人のことについても、欲望は無限に生じる。すべての目的を達成しようと思えば、たとえ百万の銭があろうとも、カネが手元に残ることはない」

欲望にはきりがないが、財産はいつかはなくなる。だから、欲望には警戒すべきだというわけだ。

兼好は言う。

究竟《くきやう》は理即《りそく》に等し。大欲は無欲に似たり。（第二一七段）

この大金持ちの教訓は、ただ人間の願望を断って、貧困を悲しんではならないという意味に理解される。欲望を満足させて楽しみとするよりは、むしろ財産がないほうがましということである。

たとえば、悪性の腫物《はれもの》を病む者は、患部を水で洗えばよい気持ちになるだろうが、最初からその病《やまい》に罹らないほうがいいに決まっている。

この大金持ちの教訓のような境地に達してしまうと、貧乏人も金持ちも差異がなくなる。仏教でいう最高の悟《さと》りの境地と最低の迷いの境地とが同じようなものである。このような巨大な欲望は、かえって無欲と似ているのである。

これは古代ギリシャの快楽主義者エピクロスの議論と似ている。エピクロスは「快」を「第一の生まれながらの善」と規定した。エピキュリアン（エピクロス主義者）という言葉は、現在では快楽主義者、美食家といった意味合いで使われることが多いが、これは間違いだ。エピクロス本人が説明しているとおり、真の「快」とは、「道楽者の快」でも「性的な享楽」でも「美味美食」でもない。

エピクロスは言う。

《いずれの快も、それ自身としては悪いものではない。だが、或る種の快をひき起すものは、かえって、その快の何倍もの煩いをわれわれにもたらす》（『主要教説』）

快楽を追求すればするほど、われわれは欠乏感に悩まされる。不死を求めれば、絶望に陥《おちい》る。権力は嫉妬《しっと》の対象となり、名声は引き摺《ず》り下ろされる。

エピクロスは、「むなしい臆見《おっけん》の追い求める富」は際限なく拡がると言い、身の程、身の丈《たけ》を超えた欲望を警戒するように呼びかけた。

《幸福と祝福は、財産がたくさんあるとか、地位が高いとか、何か権勢だの権力だのがあるとか、こんなことに属するのではなくて、悩みのないこと、感情の穏やかなこと、自然にかなった限度を定める霊魂の状態、こうしたことに属するのである》(「断片」)

これをエピクロスは、アタラクシア(魂の平静)と呼んだ。そこで重要になるのは、「友情」「知恵」「思慮」といったものだ。

欠乏しているものを探し回るだけの人生は不幸である。

求めないのが一番いい

兼好は言う。

とこしなへに違順《ゐじゅん》に使はるることは、ひとへに苦楽のためなり。楽といふは、好み愛することなり。これを求むること、やむ時なし。(第二四二段)

人間は、常に逆境と順境に左右されている。それは、ひとえに苦楽のためである。「楽」というのは、好み愛することである。これを求めることは止まることがない。

人が願い求めるのは何か？

一つには名声である。行状が立派であるという名声と、学才・芸能における名声である。

二つには色欲、三つには食欲である。

あらゆる願いも、この三つより切実ではない。しかし、これらは真実を本末転倒しているのであり、多くの苦悩を伴う。従って、求めないのが一番いい。

私の場合、「名声」はどうでもいいと思っている。というか、他人からどのように評価されるかにあまり興味がない。

もちろん褒められたらうれしいし、「バカ」と言われたら腹が立つけど、でもそれだけの話。色欲も食欲も年齢を重ねると減退していく。

先ほどのエピクロスの話にもつながるが、何も求めないことで、大きな快楽を得ることもある。

たとえば、心を落ち着かせて、古典を読んでいる時間は最高の贅沢である。

第二章

愚か者による政治について

政治の本質

人間社会がある以上、そこには政治が発生する。私は『徒然草』を読むたびに、兼好の知見が現在の保守思想の核心に到達していることに驚く。

昔も今も、お調子者や血の気の多いやつが、人の上に立ちたがる。そして自分個人の夢を社会に押し付けようとする。

以前、安倍晋三《あべしんぞう》というボンクラが、著書『新しい国へ』で、《わたしが政治家を志したのは、ほかでもない、わたしがこうありたいと願う国をつくるためにこの道を選んだのだ》と述べていた。安倍は革命家の吉田松陰《よしだしょういん》が引用した『孟子《もうし》』の《自らかえりみてなおくんば、千万人といえどもわれゆかん》がお気に入りのフレーズのようで、自分が信じた道が間違っていないという確信を得たら断固として突き進むのだと繰り返している。「この道しかない」というのは、保守思想の対極にある発想だ。

保守とは「確信」、つまりイデオロギーを警戒する態度のことである。

イギリスの保守思想家マイケル・オークショットは、政治とは己の夢をかなえる手段ではないと言う。保守思想の理解によれば、《統治者の職務とは、単に、規則を維持するだけのことなのである》（『政治における合理主義』）。

世の中には多種多様な人がいる。夢も価値観も理想も違う。

だから為政者はゲームの運行を管理し、プレイヤーにルールを守らせ、トラブルの調停にあたらなければならない。

一方、リーダーが夢を語ったとしても、それに同意しない人はいる。人によって「正義」の定義は違う。

こうした多様な立場や意見がぶつかりあう社会をまとめるのが「政治」である。

兼好には政治の本質が見えていた。

権力者は身を慎め

いにしへの聖《ひじり》の御代《みよ》の政《まつりごと》をも忘れ、民の愁《うれ》へ、国のそこなはるるをも知らず、よろづにきよらを尽していみじと思ひ、所せきさましたる人こそ、うたて、思ふところなく見ゆれ。（第二段）

昔の聖代の善政、醍醐《だいご》、村上《むらかみ》天皇の頃の理想の政治、善政が今は忘れられている。国民が嘆き、国が損なわれているのに、そういう状況を見ずに、華美のかぎりをつくす。

そして、それを誇らしく思い、威張る政治家や官僚はひどいものだ。連中は思慮に欠けている。

人間は権力を手に入れると、恥知らずになる。

兼好は、藤原師輔《ふじわらのもろすけ》（道長《みちなが》の祖父）が子孫に訓戒した書の中に「衣冠から馬・車に至るまで、ありあわせのものを使え。贅沢を求めるな」とあると指摘する。順徳院《じゅんとく》（鎌倉初期の天皇）は、「天皇のお召《め》し物は、質素なほどよい」と言った。政治家を主張や公約（マニフェスト）だけで判断してはならない。まずは、品格を見るべきだ。

過度の執心を戒める

兼好は言う。

その物に付きて、その物を費《つひや》しそこなふ物、必ずあり。身に虱《しらみ》あり。家に鼠《ねずみ》あり。国に賊《ぞく》あり。小人《せうじん》に財《たから》あり。君子に仁義あり。僧に法《ほふ》あり。（第九七段）

虱がついたら、かゆくなる。

ネズミがいたら不衛生だ。

国に賊あれば今の日本のようになる。

器量のない人間に大金を持たせてもロクなことに使わない。

「君子に仁義あり、僧に法あり」の部分は、少し説明が必要だろう。

たしかに仁義は大切なものである。

しかし、君子が度を越してそれにこだわると、国を滅ぼしてしまう。過ぎたるは及ばざるがごとし。

僧侶にとって、仏法は大切なものだ。

しかし、仏法に拘泥《こうでい》することで、真実の仏の教えから遠ざかってしまうこともある。

「策士策に溺れる」といったようなものか。

政治とは何か

慌てる乞食《こじき》はもらいが少ない。

戦国武将でも血気盛んなやつは、待ちきれなくて戦をはじめ、最初に死んだりする。

徳川家康《とくがわいえやす》はまわりの連中が自滅していくのをゆっくり待っていた。

兼好は言う。

双六《すぐろく》の上手といひし人に、その行《てだて》を問ひ侍りしかば、「勝たんと打つべからず。負けじと打つべきなり。いづれの手かとく負けぬべきと案じて、その手をつかはずして、一目《ひとめ》なりともおそく負くべき手につくべし」と言ふ。道を知れる教《をし》へ、身を修め、国を保たん道もまたしかなり。（第一一〇段）

双六がうまい人に、そのやり方を聞いたところ、「勝とうとして打ってはならない。

――負けないように打つべきだ」と言った。「どの手を打てば早く負けるだろうと考えて、その手を使わずに、少しでも遅く負けるようにすればいい」と。

兼好は、これは「その道をよく知った教え」であり、身を修め、国を保つ道も同じだと言う。

政治家が「国をよくする」と言い出したら、ロクな結果にならない。

「よい」とはその政治家の驕《おご》り高ぶった個人的な判断にすぎないからだ。

よい政治家とは、余計なことをやらない政治家である。

夢やヴィジョンを語る政治家には注意したほうがいい。

改革幻想から目を覚ませ！

改めて益《やく》なきことは、改めぬをよしとするなり。（第一二七段）

たった一行の文章だが、これほど深くて重い言葉はない。改めて益なきことを、改めてきたのが日本の戦後、とくにこの三〇年間だったからだ。

その結果が今である。

兼好の政治観は先述のオークショットの水準に達している。

オークショットは言う。

《しかし、保守主義者の理解によれば、規則の修正は、それに服する者達の諸々の活動や信条における変化を常に反映したものでなければならず、決してそうした変化を押し付けることがあってはならない。またそれは、決していかなる場合でも、全体の調和を破壊してしまうほどに大がかりなものであってはならないのである。従って保守主義者は、単なる仮定の上での事態に対処する目的で行われる変革には、関係がないであろう》（『政治における合理主義』）

《この性向の人（保守主義者）の理解によれば、統治者の仕事とは、情念に火をつけ、そしてそれが糧《かて》とすべき物を新たに与えてやるということではなく、既にあまりにも情熱的になっている人々が行う諸活動の中に、節度を保つという要素を投入することなのであり、抑制し、収縮させ、静めること、そして折り合わせることである。それは、欲求の火を焚くことではなく、その火を消すことである》（同前）

わが国では保守を詐称する勢力が、朝から晩まで「改革」を連呼し、「改めて益なきこと」を繰り返してきた。構造改革により、日本は三流国に転落した。

外に求めず手許を正せ

「貝覆《かいおお》い」という平安末期くらいからある遊びがある。

これは貝の美しさや珍しさを競う「貝合わせ」とは違う。貝覆いは蛤《はまぐり》の貝殻が一対だけしかはまり合う相手がないという特性を利用し、並べられた左右の貝片で対《つい》になったものをたくさん選んだほうが勝ちになる。

兼好は言う。

碁盤《ごばん》の隅に石を立てて弾《はじ》くに、向ひなる石をまぼりて弾くは、当らず、我が手許《てもと》をよく見て、ここなる聖目《ひじりめ》を直《すぐ》に弾けば、立てたる石必ず当る。（第一七一段）

貝覆いをする人が、自分の前にある貝をさしおいて、他のところを見渡して、人の袖のかげや膝の下まで目をくばっている間に、自分の前にある貝を人に覆われてしまう。この遊びがうまい人は、遠くにある貝を無理して取るようには見えず、近くばかりを覆うように見えるが、それでも数多く覆うのである。

碁盤のすみに碁石を置いて弾く遊びの場合も、反対側にある石をみつめて弾くと当たらず、自分の手許をよく見て、目の前にある聖目（碁盤の上に記した九つの黒い点）の方向にまっすぐに弾けば必ず当たる。

清献公《せいけんこう》（中国宋代の名臣）は、「目の前にある善事を行ない、遠い将来を問題にしてはならない」と言った。世を治《おさ》める道もこのようなものであろう。

内政に気を配らず、軽はずみで、思うがままにデタラメな政治を続けていれば、遠国が反乱を起こす。そのときになって対策をとっても遅い。

医学書の『本草経《ほんぞうきょう》』に「風にあたり、湿気の多い所で寝ておいて、病気の治癒を神に求めるのは、愚者である」と書いてある。それと同じだ。

政治も、目の前にいる人々の心配をとりのぞき、恩恵を施《ほどこ》し、正しい道を選べば、その感化は拡がっていく。

中国古代の聖王である禹《う》は、遠征して辺境の三苗《さんびょう》を討伐しようとして失敗したが、軍隊を戻し、国内で善政を行ない徳を施すことで、三苗は帰順したと『書経《しょきょう》』にある。

兼好が言いたいのは、遠くを見て悩む前に、まずは手許のことをきちんとやれということだ。そうすれば、遠くで発生した問題も自然に収まってくる。

ものは修理して使う

物は破れたる所ばかりを修理《しゅり》して用ゐることぞと、若き人に見習はせて、心つけんためなり。（第一八四段）

これは相模守北条時頼《さがみのかみほうじょうときより》（鎌倉幕府第五代執権）の母である松下禅尼《まつしたぜんに》の言葉である。時頼を自分の屋敷に招いたとき、すすけた障子の破れたところだけを、禅尼みずから小刀であちこち切っては張っていた。それを見た禅尼の兄である安達義景《あだちよしかげ》が、「障子をお預かりして、そういうのが得意なものにやらせましょう」と言った。

禅尼は断ったが、義景は重ねて「一こまずつ張り替えるより、全部張り替えましたほうが簡単です。新しいところと古いところでまだらになるのも、見苦しくはございませんか」と言う。

禅尼は「後にはさっぱり張り替えようと思うけれど、今日だけは、わざとこのようにしておくべきなのです。物は破れたところだけを修繕して使うべきであることを、若い人（時頼のこと）に見習わせて、覚えさせるためです」とおっしゃった。これは大変殊《しゅ》勝《しょう》なことである。

世を治める道は、倹約を根本とする。禅尼は女性ではあるが儒学の聖人の教えに通じている。さすが天下を統治するほどの人を子に持っていた尼である。普通の人ではない。

このように兼好は感嘆する。

「すべてを張り替える」のではなく、破れたところだけを張り替える。それはケチなのではない。これは政治に対する姿勢に通じる話である。

強大な者が最初に滅ぶ

兼好は言う。

勢《いきお》ひありとて頼むべからず。こはき者まづ滅ぶ。財《たから》多しとて頼むべからず。時のまに失ひやすし。（第二一一段）

あらゆることは、あてにならない。

愚かな人間は、何かを深くあてにするので、人に対し恨《うら》んだり怒ったりすることがある。

権勢があるといってもあてにできない。

強大な者が最初に滅ぶのだ。

財産が多いからといってあてにはできない。

あっという間に失うからだ。
学才があるからといってあてにはできない。
孔子《こうし》も生きている間は不遇だった。
徳があるといっても、あてにできない。
孔子の一番弟子の顔回《がんかい》も不幸だった。
主君の寵愛《ちょうあい》もあてにはできない。
罰を受ければすぐに殺されることになる。
下僕が従っているからといってあてにはできない。
裏切り逃げることがある。
人の厚意もあてにはできない。
人の心は必ず変わる。
約束もあてにはできない。
信義が守られることは滅多にない。

人を信用しないのは悪いことではない。
人は必ず間違うからだ。
だから、まともな人間は自分の判断にすら、常に疑いを持つ。
確実なことは、確実なことなど存在しないということだ。

人をあてにしない

兼好は言う。

身をも人をも頼まざれば、是《ぜ》なる時は喜び、非なる時は恨みず。左右《さう》広ければ障《さは》らず、前後遠ければ塞《ふさ》がらず。狭《せば》き時はひしげくだく。心を用ゐること少しきにしてきびしき時は、物に逆《さか》ひ争ひて破る。緩《ゆる》くしてやはらかなる時は、一毛《いちまう》も損せず。

（第二一一段）

自分の身も他人もあてにしなければ、うまくいったときは喜び、うまくいかないときは人を恨まない。左右の幅が広ければ物に遮《さえぎ》られることはないし、前後の幅が広ければ行き詰まることもない。狭い時は、押しつぶされて砕《くだ》けるものである。

心にゆとりがなく、厳格なときは、他人と衝突し争って傷つく。ゆったりとして寛容なときは、少しも傷つくことはない。

他人を信じるから「騙《だま》された」と恨むことになる。最初から信じなければ裏切られることもない。

以前、私がツイッターで安倍晋三を批判すると、「安倍がダメならどこの政党を信じればいいのかぁ」というリプがあった。「信じる」と言っている時点で騙される要素が満載。政党や政治家は信仰の対象ではない。支持するにしても、常に冷静に観察することが大切だ。

第二章

神仏と無常について

成熟するとわかること

詩人、小説家、自然科学者、化学者、政治家、法律家……。あらゆる分野で超一流の業績を残し、恐ろしいほどの洞察力で「人間」を見抜いたヨハン・ヴォルフガング・フォン・ゲーテは、こう言った。

《人間のそれぞれの年齢に、一定の哲学が対応している。子どもは実在論者だ。というのは、子どもは自分の存在と同じようにナシやリンゴの存在を確信しているから。青年は内部の情熱に襲われてはじめて自分の存在を予感し、自分を意識する。青年は観念論者へと変わるのである。しかし壮年は、懐疑論者となるあらゆる理由を持っている。自分が目的のために選んだ手段が正しいかどうか、疑わざるをえないのだ。選択をあやまって後悔しないために、行為の前に、行為と同時に、彼は当然知性をはたらかせなければならないのである。最後にしかし老年は、神秘主義者であることを常に告白するだろう。彼は多くのことが偶然に懸っているのを知る。非合理的なものが成功し、合理的なものが失敗する。幸福と不幸とが期せずして差別なきものとなる。すべてがそうだし、そうであった》(「箴言と省察」)

こういった言葉は、人が成長、成熟するとわかるようになる。

多くの子供は、理性的、合理的なので、神仏などは存在しないと思っている。しかし、大人になれば合理の限界を理解するようになる。

小林秀雄《こばやしひでお》は《人類という完成された種は、その生物学的な構造の上で、言ってみれば、肝臓という器官をどう仕様もなく持っているように、宗教という器官を持っている》(『直観を磨くもの』)と言った。

人間という生物の性質上、超越的な場は必然的に発生するということだ。

大人になれば、神社仏閣も子供のときとは違ったように見えてくる。

そして「無常」の意味を知る。

歳をとった合理主義者ほど、みっともないものはない。

奥ゆかしい人

兼好は言う。

後の世のこと心に忘れず、仏の道うとからぬ、心にくし。（第四段）

――来世のことを心に忘れず、仏の道を疎遠にしない。そういう人は、奥ゆかしい。

私は来世のことを忘れたことはない。
もし生まれ変わることができたら、来世では豆柴を飼いたい。
これも煩悩か……。

神社には趣がある

兼好は言う。

すべて神の社《やしろ》こそ、すごく、なまめかしきものなれや。ものふりたる森のけしきもただならぬに、玉垣《たまがき》しわたして、榊《さかき》に木綿《ゆふ》懸けたるなど、いみじからぬかは。

（第二四段）

斎王《さいおう》が野宮《ののみや》に籠《こも》っていらっしゃる様子こそ、優美で心惹《ひ》かれることこの上もない。「経」や「仏」などの仏教語を避けて、中子《なかご》、染紙《そめがみ》などと言うのも趣深い。

すべて神の社こそ、ぞっとする程ものさびて、古雅なものではないか。どことなく古めかしい森の景色も世間一般とは異なるのに、そこに玉垣をめぐらせて、榊の枝に白い木綿を懸けているところなど、すばらしくないことがあろうか。

特に趣深い神社は、伊勢《いせ》神宮（伊勢市）、賀茂《かも》神社（京都市）、春日《かすが》大社（奈良市）、平野《ひらの》神社（京都市）、住吉《すみよし》大社（大阪市）、大神《おおみわ》神社（奈良県桜井《さくらい》市）、貴船《きふね》神社（京都市）、吉田《よしだ》神社（京都市）、大原野《おおはらの》神社（京都市）、松尾《まつのお》大社（京都市）、梅宮《うめのみや》大社（京都市）などである。

斎王とは斎宮《さいぐう》と同じ。伊勢神社に奉仕する未婚の内親王《ないしんのう》である。斎宮は伊勢群行前に嵯《さ》峨《が》野宮の仮宮で潔斎《けっさい》した。

「斎宮の忌詞《いみことば》」とは、伊勢の斎宮で、仏語や不浄な語を避けて、代わりに用いた言葉のことである。経を「染紙」と呼んだのは、上代《じょうだい》では防虫と美観の目的から写経用紙がおもな用途だったからである。他にも、死を「直り物」、僧を「髪長《かみなが》」、血を「汗」、仏を「中子」、病気を「慰《やすみ》」などと言った。

私もこれらの神社にはほとんど行った。「抜け参り」と称して、仕事をさぼって関西に行って酒を飲むだけだけど。

虚空よく物を容る

兼好は言う。

虚空《こくう》よく物を容《い》る。我等が心に念々《ねんねん》のほしきままに来り浮ぶも、心といふもののなきにやあらん。心に主あらましかば、胸のうちに若干《そこばく》のことは入り来らざらまし。

（第二三五段）

主人がいる家には、関わりのない人が、勝手に入ってくることはない。一方、主人がいないところには、通行人が無闇《むやみ》に立ち入ったりする。人の気配がないので、狐や梟《ふくろう》のようなものも我がもの顔で棲み着く。それで、木霊のような化け物も姿をあらわす。

また、鏡には色も形も無いから、あらゆる物の姿が映る。

鏡に色や形があったら、何も映らない。
何もない空間は十分に物を容れることができる。
われわれの心に思念が気ままに浮かぶのも、心というものの実体がないからか。
心に主人があれば、胸の内に、これほど多くのことが入ってくることはないだろう。

われわれは自分の「心」の主人ですらないのかもしれない。

未来がどうなるかなんてわからない

ある地方都市の街を散歩していると駅近くに「銀座《ぎんざ》商店街」と書かれた大きな看板があった。かつてにぎやかだったそのあたりを昔の人は東京の銀座になぞらえたのだろう。
今ではその街の「銀座」はシャッター通りになっており、映画館は閉鎖されたまま、四階建てのデパートは雑居ビルに変わっていて、一階はゲームセンターになっていた。

なお、銀座という名前の由来は、江戸時代に設立された銀貨幣の鋳造所《ちゅうぞうしょ》（銀座）にある。「銀座」を名乗る商店街は日本全国にあるらしいが、そういうところが寂《さび》れていると余計に哀しさを感じる。

兼好は言う。

飛鳥川《あすかがは》の淵瀬《ふちせ》常ならぬ世にしあれば、時移り事去り、楽しび悲しび行きかひて、はなやかなりしあたりも人すまぬ野《の》らとなり、変らぬ住家《すみか》は人改まりぬ。（第二五段）

人の世は飛鳥川がたえず氾濫《はんらん》し地形が変わっていくような常ならぬものだ。楽しいこと、悲しいこと、はなやかだったところも、今では人が住まない野原となり、同じ家でもそこに住んでいる人は変わっている。

桃や李《すもも》はものを言わないので昔を共に語らうわけにはいかない。

では、誰と共に昔を語ればいいのか？

昔の尊《とうと》い方が住んでおられた跡などは、たいそうはかないものだ。

京極殿《きょうごくどの》・法成寺《ほうじょうじ》（藤原道長の邸と彼が造営した寺院）を見ても、建てた人の想いだけが留まって、変わり果ててしまった様子は哀感を誘う。道長が立派に造営し、荘園を多く寺に寄進し、我が一族のみ、帝《みかど》の後見役となり、天下の鎮め役として、行く末までも藤原氏の将来は盤石《ばんじやく》だと思われていたときには、いかなる世になっても、ここまで荒廃を極めるとは思ってもいなかっただろう。

大門・金堂などは最近まで残っていたが、正和《しょうわ》のころ（一四世紀初頭）に南門は焼けてしまった。金堂はその後、倒壊したままで再建の企《くわだ》てもない。無量寿院《むりょうじゅいん》だけが、往時の跡として残っている。

一丈六尺の仏九体、たいそう尊い様子で並んでいらっしゃる。藤原行成《ふじわらのゆきなり》（三蹟の一人に数えられる能書家）の揮毫《きごう》された額、源兼行《みなもとのかねゆき》（能書家）が書いた扉の文字が今でもはっきりと見えるのに感慨を催す。法華堂などもまだある。しかしこれらも、いつまで残っていることだろうか。

この程度の忘れ形見すらとどめない旧跡では、礎《いしずえ》だけが残ることがあっても、それがなんなのか確実に知る人はいない。

したがってすべてにおいて、自分の死後の、どうなるかわからない世のことまで考えて定めておいても、まことにはかない。

——

私も最近、こうした心境に達した。

わが国は憲法の恣《し》意的な解釈、公文書の改竄《かいざん》、データ捏造《ねつぞう》、日報の隠蔽《いんぺい》などで三流国に転落したが、結局はなるようにしかならない。このまま数世紀の単位で這《は》い上がれない可能性もあるし、滅びる可能性もある。これは歴史を見ればよくある話だ。ローマもオスマン帝国も衰退した。スペインもポルトガルも衰えた。イギリスも世界支配に失敗した。ましてや、即席で近代国家の体裁を整えた日本が、朝鮮戦争をはじめとする時代の波に乗り、世界史の表舞台に顔を出したのなら、そこから消えていってもなんの不思議もない。

鴨長明『方丈記』はこのように始まる。

《ゆく河の流れは絶ずして、しかももとの水にあらず。よどみに浮ぶうたかたは、かつ消え、かつ結びて、久しくとどまりたるためしなし。世の中にある人と栖《すみか》と、またかくのごとし。たましきの都のうちに棟を並べ、甍を争へる高き賤しき人の住ひは、世々を経て尽きせぬものなれど、これをまことかと尋ぬれば、昔ありし家は稀《まれ》なり。或は去年焼けて、今年作れり。或は大家ほろびて小家となる。住む人もこれに同じ。所も変らず、人も多かれど、いにしへ見し人は、二三〇人が中にわづかにひとりふたりなり。朝に死に夕に生るるならひ、ただ水の泡にぞ似たりける。知らず、生れ死ぬる人いづかたより来りて、いづかたへか去る。また知らず、仮の宿り、誰がためにか心を悩まし、何によりてか目を喜ばしむる。その主と栖と無常を争ふさま、いはばあさがほの露に異ならず。或は露落ちて、花残れり。残るといへども、朝日に枯れぬ。或は花しぼみて、露なほ消えず。消えずといへども、夕を待つ事なし》

先日、栃木県の鬼怒川《きぬがわ》温泉にあるホテルの廃墟群を見に行った。ネットで誰かが書いていたが、その温泉ホテルが開業した日、かつての賑《にぎ》わい、そこに社員旅行などで押し寄せた人々の想いなども、夢と同じように消えてしまった。

人の命は短い

兼好は言う。

人間の、営みあへるわざを見るに、春の日に雪仏《ゆきぼとけ》を作りて、そのために金銀珠玉《しゅぎょく》の飾りを営み、堂を建てんとするに似たり。（第一六六段）

人々が、それぞれ仕事に励んでいるのを見ると、春の日に雪仏をこしらえ、その仏のために金銀や珠玉の飾りを取り付け、さらに堂を建てるようなものである。

その堂が完成するのを待って、雪仏をうまく安置できるだろうか。

人の寿命はまだあると思っているうちにも、消えていく雪のようなものである。

人の命はあっという間に終わる。

だとしたら、それを前提に予定を立てるべきだ。
高望みしても、手が届く前に死ぬ。

念仏のすすめ

私は昔、写経をしていた。
筆ペンと写経用の用紙を買ってきて、ひたすら経を写す。
あれは精神衛生上いい。
その間だけでも俗世を捨てることができる。
今はかなりあやふやだが、当時は般若心経《はんにゃしんぎょう》くらいなら暗唱できた。
兼好は言う。

人はただ、**無常**の**身**に**迫**りぬることを**心**にひしと**懸**けて、つかのまも**忘**るまじきな

り。さらば、などか、この世の濁りも薄く、仏道をつとむる心もまめやかならざらん。

（第四九段）

人はただ、死が身に迫っていることをしっかりと心に刻み、一瞬たりとも忘れてはならない。そうすれば、現世に執着する心も消え、仏道に励む心も真摯になるだろう。

昔、ある聖は、人が来てあれこれの用事を話すと、「今、火急の用件があって期限が目の前に迫っている」と言って、耳を塞いで念仏を唱え、とうとう往生を遂げた。

これは永観《えいかん》（平安時代後期の三論宗《さんろんしゅう》の僧）が著《しる》した『往生拾因《おうじょうじゅういん》』にある。

また、心戒《しんかい》（平宗盛《たいらのむねもり》の養子宗親《むねちか》の法名）という聖は、あまりにこの世がはかないことを思いつめ、静かに腰を降ろすことさえできず、いつもうずくまってばかりいた。

自分の魂のために、念仏を唱えるべきだ。

松山のバーとデジャヴの話

大昔に愛媛県の松山市《まつやま》に行ったときの話。

夕食後、街を歩いていて、雑居ビルの地下一階にあるバーに入った。そこで、軽い眩暈《めまい》を覚えた。薄暗い階段を下りていくとき、昔この店に来たことがあるような不思議な気分に襲われた。

ドアを開けて席に着いたが、やはり、初めて来た店とは思えない。

かなり飲んでいたので、そろそろ頭がいかれてきたかと思った。

あるいは、いい酒場はどこも似たような感じになるのではないかとも考えた。

しばらくするとバーテンダーが声をかけてきた。

「お久しぶりです。今回は出張ですか?」

よく考えたらその前年に行った店だった。

兼好は言う。

また、如何なる折ぞ、ただ今、人の言ふことも、目に見ゆる物も、我が心のうちも、かかることのいつぞやありしかと覚えて、いつとは思ひ出でねども、まさしくありし心地のするは、我ばかりかく思ふにや。（第七一段）

人が言うことも、目に見えるものも、自分の気持ちも、このようなことが過去のいつかにあったかのように思える。いつとは思い出せないのだが、確かにあった気持ちがするのは、私だけがこのように思うのだろうか。

既視感、フランス語でデジャヴである。
兼好の時代も今も、人間の心の働きは何も変わらない。

優先順位をつけろ

兼好は言う。

一日の中、一時の中にも、あまたのことの**来**《きた》らんなかに、**少**しも**益**《やく》のまさらんことを**営**みて、その**外**をばうち**捨**てて、**大事**を**急**ぐべきなり。（第一八八段）

一番大事なのは、やらなくていいことをやらないことだ。

読まなくてもいいような本は、読むべきではない。

観なくてもいいような映画は観るべきではない。

聴かなくていいような音楽は聴くべきではない。

満月は一瞬で欠けてしまう

いざ自分の身に災難がふりかかってくるまでは、問題を放置しておく人がいる。兼好は言う。

望月《もちづき》の円《まと》かなることは、しばらくも住《ちゆう》せず、やがて欠けぬ。心とどめぬ人は、一夜《ひとよ》の中にさまで変るさまも見えぬにやあらん。（第二四一段）

満月が丸い状態は少しの間もそのままではなく、すぐに欠けてしまう。気を付けて見ていない人は、一晩のうちにそこまで変わるように見えないのではないか。

病気が重くなるのも、同じ状態にとどまる期間はなくて、死期がすぐに迫っている。しかし、病がまだ緊急ではなく、死に直面していないうちは、この世は不変で、人は平穏な生活をいつまでも続けていられると思いこむ。

いろいろ成し遂げた後に、落ち着いて仏道修行をしようと思うので、病にかかっていざ死の淵に立ったときに、願いは一つも成就《じょうじゅ》していないのである。

長年にわたる怠慢を悔いて、もし病から回復することができたら、昼も夜も別なく励み、成し遂げようと思うが、病が重くなれば、取り乱しながら死んでしまう。

この類《たぐい》の人が世の中には多い。

取り返しがつかなくなった後に、人々は叫ぶ。

第四章

避けることができない死について

現在を生きる

死がいつやってくるかは不確かである。

その一方で確実に言えるのは、人は必ず死ぬということだ。

そして、自分の死そのものは経験することも知ることもできない。

重病人や老人なら、明日死んでも不思議ではない。

若者だって車に轢《ひ》かれて死ぬかもしれない。

にもかかわらず、多くの人は自分の死について考えようとしない。

本当は限られた時間を使ってやるべきことをやらなければならないのに、ゲームで時間潰しをしていたりする。

作家の三島由紀夫《みしまゆきお》は言った。

《未来社会を信ずる奴は、みんな一つの考えに陥る。未来のためなら現在の成熟は犠牲にしたっていい、いや、むしろそれが正義だ、という考えだ。高見順はそこで一生フラフラしちゃった。

未来社会を信じない奴こそが今日の仕事をするんだよ。現在ただいましかないという生活をしている奴が何人いるか。現在ただいましかないというのが〝文化〟の本当の形で、そこにしか〝文化〟の最終的な形はないと思う》（「東大を動物園にしろ」）

「現在ただいましかない」というのは、刹那《せつな》主義的に生きることではない。自分の背後に、過去の無限の蓄積を見出すということだ。

「未来に夢を賭ける」のは弱者の思想である。

人間は未来に向かって成熟していくものではない。

死の不安を乗り越える方法は、日々に生き、日々に死ぬことである。目的を設定し、その実現を目指すのではなく、行為（実践）と目的が一致するように動く。そうすれば、一〇秒後に死んだとしても、後悔はしない。

この世は不安定だからこそ尊い

私は年に二、三回は京都に行く。

苔《こけ》が好きなので、庭園によく行く。

事前予約が必要な西芳寺《さいほうじ》（苔寺）は面倒なので一度しか行ったことがないが、嵐山《あらしやま》には苔のスポットがたくさんある。祇王寺《ぎおうじ》の苔もよい。

竹林の道あたりには外国人観光客が多いが、化野《あだしの》のあたりまで歩くと、人は減ってくる。散歩中に毎回感じるのが、今すぐここで死にたいということだ。特に自殺願望があるわけではないが、このしっとりとした空気と苔に囲まれて死にたいという気分になる。

兼好は言う。


あだし野の露消ゆる時なく、鳥部山《とりべやま》の煙立ち去らでのみ住み果つる習ひならば、いかにもののあはれもなからん。世は定めなきこそいみじけれ。（第七段）

あだし野の露が消える時なく、鳥辺山の煙がいつまでも消えることがないように、人生が永遠に続くものならば、人生の感動など生まれてこない。世の中は、はかないからいいのだ。

化野は古来、風葬の地だった。
古語「あだし」には、「はかない」「むなしい」といった意味がある。
鳥辺山は、清水寺《きよみずでら》の南側、平安時代中期頃から火葬場、墓地となった。
兼好は続ける。

かげろうは朝生まれて夕方には死ぬ。夏蟬は春や秋の美しさを知らない。
それに比べたら、人間は一年を暮らす程度でも、たいそうのんびりできるものである。
命に執着すると、千年を過ぎても一夜の夢のようにはかなく感じるはずだ。
どうせ永遠には生きられない世の中で、長生きして醜《みにく》い姿になって何になるのか。

よって、兼好の結論は以下のようになる。

「人は四〇歳に達しないくらいで死んだほうがいい」。

それでも嵐山から宿に戻って、シャワーを浴びて、祇園あたりに美味しいものを食べに行くと、生きていてよかったと思う。まあ、そんなものですね。たかが、人間ですから。

死は背後からやってくる

葉が落ちた後に、芽が出てくるのではない。

芽吹くのに押されて、古い葉が落ちるのだ。

変化は、すでに内部で準備されていると兼好は言う。


春暮れてのち夏になり、夏果てて秋の来るにはあらず。春はやがて夏の気を催し、**夏より既に秋は通ひ、秋はすなはち寒くなり、十月は小春《こはる》の天気、草も青くなり、梅も**

つぼみぬ。（第一五五段）

世間に順応して生きていこうとする人は、まずは「好機」を知るべきだ。順序を間違えた事柄は、人からは聞き入れられず、反感を持たれ、成就しない。ただし、病気になったり、子を産んだり、死ぬことだけは、好機を見計らうようなものではないし、順序がよくないといって避けることはできない。

人生において、発生・存続・変化・滅亡の四相が変遷していくのは、河がみなぎり激しく流れていくようなものだ。

だから、仏道のことでも、世俗のことでも、必ずやりとげようと思うことは、好機がどうこうと言っていられない。さっさとやらなければならない。

生老病死《しょうろうびょうし》の移り来ることは季節以上に早い。四季はそれでも決まった順番があるが、死ぬ時期には順番がない。死は必ずしも前方からは来ない。いつの間にか背後に忍び寄っている。

それは、あたかも干潟《ひがた》がまだ沖のほうにあると見えたのに、いつの間にか、足元の磯

—から潮《しお》が満ちてくるようなものだ。

二〇二〇年一月、坪内祐三《つぼうちゆうぞう》が急死したが、彼が「文藝春秋」の連載で最後に書いたのは早死にする人々についてだった。

故人の思い出もやがては消える

いつも行く鮨《すし》屋で講談社の編集者Hさんの話になった。私がHさんにその店を紹介したのだが、気に入ってくれたみたいで、一人でもたまに行っていたらしい。

そのHさんは香港で脳出血を起こして死んでしまった。

その鮨屋の主人が思い出したように言う。

「Hさんのボトル、まだあるんですけど、飲みます?」

芋焼酎のボトルが三分の一ほど残っていた。私は芋はあまり得意ではないが、全部飲んで帰った。兼好は言う。

人しづまりて後、長き夜のすさびに、何となき具足《ぐそく》とりしたため、残し置かじと思ふ反古《ほうご》など破《や》りすつる中に、亡き人の手習ひ、絵かきすさびたる見出でたるこそ、ただその折の心地すれ。（第二九段）

心静かに思えば、過去の懐《なつ》かしさばかりは仕方がない。

人が寝静まった後、長い夜の手すさびに、特に思い入れもない道具類を整理し、残して置くまいと思う反古紙などを破り捨てているうちに、故人が書き散らしたものや、絵を描きすさんだのを発見すると、当時と同じような気持ちがする。

現在生きている人の手紙すら、長い年月が経てば、いつどこでもらった手紙かと考えるのは感慨深いものだ。

その人が使い慣らした道具類なども、昔と変わらずそこにあるのは悲しい。

死を見据えよ

スペイン文化といっても、たとえばバルセロナとマドリードではまったく違う。
言葉も違うし、歴史も人間も違う。
だからカタルーニャ自治州の州都バルセロナでは独立運動も起きる。
フラメンコや闘牛は、南部のアンダルシアの文化である。
光が強ければ陰もまた濃い。そして、そこには常に死の匂いがつきまとう。
闘牛場には日向席と日陰席がある。
現地ガイドに聞いた話だが、それは「生と死」を意味するという。
牛は死が間近に迫ることに気づくと、自然と日向側に近づいていくらしい。
兼好は言う。

我等《われら》が生死《しやうじ》の到来《たうらい》、ただ今にもやあらん。それを忘れて物見て日を暮す、愚かなる

ことはなほまさりたるものを。（第四一段）

上賀茂神社の競馬《くらべうま》を私が見物したとき、乗ってきた牛車の前に群衆がいて、馬場が見えなかった。それで、おのおの牛車を下りて、馬場の周囲の柵のところまで近寄ったが、そこが特に混雑していて、分け入っていけそうな様子ではなかった。

その向いにある楝《おうち》（栴檀《せんだん》）の木の股に腰かけて見物している法師がいた。枝につかまりながら、眠りこけて、落ちそうになると目を覚ます。

これを見た人が「バカだなあ。あんな危ない木の上で、よくも安心して眠れるものよ」と言った。

それに対し、私は「我々の死が訪れるのだって、まさに今かもしれない。それを忘れて見物に一日を費やしている。その愚かさは、あの法師より、ずっとひどいものなのに」と言った。

すると、前にいた人が「本当にそうですね」といって、場所を空けて、私に譲ってくれた。

人は木石《ぼくせき》ではないのだから、このように心が動くこともある。

アンダルシアを回ったときに、グラナダの洞窟タブラオでフラメンコを観た。その後、ライトアップされたアルハンブラ宮殿が見える展望台に行った。夜一〇時頃。観光客が二〇人ほどいた。

石造りの展望台からは暗闇の中に浮かび上がった幻想的な宮殿が見える。

しかし一番気になったのは、展望台の縁に腰掛け、外側に足を出している三人組の若い女と、カップルだった。

恐る恐る展望台の縁から下を見たら石畳。高さは一〇メートルはある。足からうまく落ちても骨折、頭から落ちたら即死だろう。「私たちロマンチック」とか旅情に浸《ひた》りながらアルハンブラ宮殿を眺めているのかもしれないが、見ているほうが怖かった。

このスペインの旅では、生と死が一番接近した瞬間だった。

やるべきことはすぐにやる

そこそこ名の知れた男性演歌歌手がいつの間にか出家していた。「実は乱暴者」とか、「言葉の暴力で離婚した」という話もあったが、アル・グリーンが牧師になったようなものか。いずれにせよ、俗世を捨てる決心がついたのだろう。

兼好は言う。

近き火などに逃ぐる人は、「しばし」とや言ふ。身を助けんとすれば、恥をも顧みず、財《たから》をも捨てて逃《のが》れ去るぞかし。命は人を待つものかは。（第五九段）

近所で火事があって逃げる人が、「しばらく待ってから」と言うだろうか。わが身を助けようとするならば、恥も外聞もなく、財産も捨てて、逃げ出すものだろう。命は人の都合を待つものか。いや、待たない。

死が訪れるのは、洪水や猛火が襲来するよりも早く、とても逃げられないものなのに、その時になってもまだ、年老いた親、幼い子、主君の恩、人の情などを捨てられないと言っていられようか。

――――

兼好が言いたいのはこういうことだ。

いざ出家しようと思っても、気がかりなことは世の中にはたくさんある。

それでも、世を捨てて、出家すべきだということだ。

「この用事が終わってから」「後々問題が起こらないように準備してから」「落ち着いて行動しよう」というのはダメである。

そんなことでは発心《ほっしん》の日は来ない。

分別のある人ほど、心づもりだけで一生を終えてしまう。

やるべきことは、今やらなければならない。

それで世間の顰蹙《ひんしゅく》を買おうが知ったことではない。

人生を楽しむ

兼好は言う。

人皆生を楽しまざるは、死を恐れざるゆゑなり。死を恐れざるにはあらず、死の近きことを忘るるなり。（第九三段）

ある人がこう言った。

「牛を売る者がいた。その牛を買う人が『明日その代金を払い、牛を引き取ろう』と言った。ところが夜の間に牛が死んでしまった。この場合、買おうとした人はカネを払う前だったので得をし、売ろうとした人は損をしたことになる」

これを聞いて、傍《かたわ》らにいた人が言った。

「牛の主は、たしかに損はしたが、また大きな得もしている。というのは、生きている者が死の近いことを知らないことは、この牛がよい例だ。人もまた同じだ。思いがけず牛は死に、思いがけず持ち主は生きている。人の一日の命は万金よりも重い。牛の代金など鵞鳥《がちょう》の毛よりも軽い。万金を得て一銭を失った人が損をしたと言うことはできない」

それを聞いて、皆が嘲《あざけ》った。

「そんな理屈は、牛の主人に限ったことではない」と。

すると、先ほどの者が反発した。

「だから人が死を憎むなら、生を愛すべきである。生きていることの喜びを毎日味わい楽しまなければいけない。愚かな人は、この生という楽しみを忘れて、わざわざそれ以外の楽しみを求め、この生という宝を忘れて、危なっかしくもそれ以外の理財をむさぼろうとする。それではその願望が満たされることはない。生きている間に生を楽しまないで、臨終になって死を恐れるなら、それは矛盾である。人が皆生を楽しまないのは、死を恐れないからだ。いや、死を恐れないのではなく、死の近いことを忘れているからである。もし生や死という事柄を超越しているというなら、真理を悟っていると言ってもいいのだが」

それを聞いて、人はますます嘲るのだった。

兼好は「こういう話を聞いた」と言っているだけだが、「生を愛せ」と言いたいのだ。

一瞬を生きよ

もし、人来りて、我が命、明日は必ず失はるべしと告げ知らせたらんに、今日の暮るる間、何事をかたのみ、何事をかいとなまん。（第一〇八段）

一瞬の時間を無駄にしたと惜しむ人は少ない。これはよく物事をわかっているからなのか、単に愚かなのか。愚かで怠《なま》け者のために言っておくと、銭一枚は微々たるものでも、積み重ねると、貧しい人を富める人にする。だから、商人が一枚の銭を惜しむ心は切実なのだ。

一瞬は意識されない短い時間である。しかし、これを積み上げれば、死期はたちまちやってくる。

だから、仏道の修行をする人は、遥《はる》か未来までの歳月を惜しむべきでない。ただ一瞬の刹那がいたずらに過ぎることを惜しむべきである。

もし人が来て、お前の命は明日は必ず失われるだろうと告げ知らせたなら、今日一日が暮れるまでの間、何をあてにし、何に励むのか。我々が生きている今日一日も、そのような状態の一日と何がかかわるだろうか。


マルティン・ハイデガーの言うダス・マン（Das Man）ってやつですね。日本語では「世人」と訳されている。

人間は自分の死が必然であると自覚する能力を持っており、主体的に生きることが運命付けられているのに、それを考えずに気を紛《まぎ》らわして過ごしている連中のことだ。

思ひかけぬは死期なり

大きな容器に水を入れて、底に小さい穴をあけたとする。水がもれる量はわずかだとしても、休む間もなくもれていれば、すぐに容器の水は尽きる。

人が死なない日はない。死者を葬る鳥辺野《とりべの》や舟岡《ふなおか》、それ以外の野山にも、葬送する数が多い日はあっても、まったくない日はない。

兼好は言う。

若きにも**よらず**、**強き**にも**よらず**、**思ひかけぬは死期なり**。**今日まで逃《のが》れ来にけるは**、**ありがたき不思議なり**。**しばしも世をのどかには思ひなんや**。（第一三七段）

――若いとか、強いとかに関係なく、思いがけずやってくるのは死期である。

今日まで生き延びてこられたのは偶然だ。

よって、ほんの少しの間でもこの世をのんびりと考えていられようか。

武士が戦に出る際は、死が近いことを知っているから、自分の家も自分自身のことも忘れる。

それでは隠遁者《いんとんしゃ》はどうか？

俗世間から離れた草庵で、心静かに泉水や庭石を愛《め》でて、自分だけが死の到来から遠く離れているという気になっているとしたら、はかないことだ。静かな山奥でも、無常という敵が襲来しないでであろうか。草庵でも死に直面しているのは、敵陣に進んでいくのと同じである。

人間、死ぬときは死ぬ。交通事故で死ぬ人間は、当日の朝、今日自分が死ぬとは思いもしないだろう。また、平均寿命と自分の実存としての死はなんの関係もない。

生前贈与のすすめ

遺産相続が原因で兄弟喧嘩になるケースもある。

老後に大金を貯めこんでおくのはみっともないし、紛争の種を残すのは迷惑だ。

だから、老人は死ぬ前に豪遊して使ってしまうか、その気力がないなら、困っている人にあげてしまえばいいと思う。

慈善団体に寄付してもいい。

兼好は言う。


身死して財《たから》残ることは、智者のせざるところなり。よからぬ物、貯《たくは》へ置きたるもつたなく、よき物は、心をとめけんとはかなし。こちたく多かる、ましてくちをし。

（第一四〇段）

自分の死後に財産が残るようなことは、知恵のある者はしないものである。ろくでもない物を溜《た》め込んでおいてあるのもみっともないし、立派な物は、さぞ執着したのだろうと思われてむなしい気持ちになる。まして、遺産が多いのは感心しない。遺産争いは見苦しい。

自分が死んだ後に譲ろうと思っている人がいるなら、生きているうちに譲るべきだ。朝晩、無くてはならない品は仕方がないが、それ以外は何も持たないでいたいものだ。

いつ死んでもいいように、なるべく自分の部屋は片付けておいたほうがいい。私も部屋にあったものはほとんど人にあげてしまった。本も大量に処分した。その後、図書館で借りていた本も一緒に捨ててしまったことに気づいて弁償した。

身近な人が死んだ後の心得

人が死ぬと、「臨終の様子が立派だった」などと言う人がいる。兼好はそれを不快に思った。

いひし言葉も振舞も、おのれが好む方に誉めなすこそ、その人の日来《ひごろ》の本意《ほい》にもあらずやと覚ゆれ。この大事は、権貴《けんき》の人も定むべからず。博学の士も測るべからず。おのれ違ふ所なくは、人の見聞くにはよるべからず。（第一四三段）

ただ「静かで取り乱さずに終わった」と言えば奥ゆかしいのに、愚かな人は、不思議な、異常な様相を語り添え、最後の言葉も挙動も、自分の好みに近づけて褒めちぎったりする。それは、故人が平生心がけていたことではないと思う。

死という人生における一大事は、権力のある貴人でも決めることはできない。博識の学者でも推測することはできない。本人の日頃の信念に沿っていれば、それでいいのであり、他人の見聞きするところで臨終の善《よ》し悪しが決まるわけではない。

人が死ぬと急に美化される。

有名人が死ぬと追悼文で褒めちぎったり。そこには不純な動機が見え隠れする。

これは兼好の時代もそうだった。

第五章

生活の知恵について

洗練された暮らし

私の部屋には基本的には何もない。

仕事机、パソコン一式、電話、レーザープリンター、椅子、ベッド、ギター、本棚が一つ、以上である。

部屋に物があると落ち着かない。

物は放っておくと溜まっていくので、定期的に片付けをしなければならない。

本は仕事で使う必要最小限のものしか残しておかない。

玄関に段ボール箱を用意して、その中に読み終わった本を入れて、古本屋の宅配便引き取りサービスを利用して、持っていってもらう。

二束三文にもならないが、さっぱりするので気分はよい。

私が子供の頃、実家には無駄なものが溢れていた。

狭い家なのに、応接間にはソファー、誰も弾かないピアノ、存在する意味がわからないサイドボードに、使いもしないバカラのグラスと、飲みもしない洋酒が並べられていた。

聴きもしないのに巨大なオーディオセットがあり、レーザーディスクと巨大なテレビがあった。

こういうものがステータスだった時代もあったのだろう。

兼好は、洗練された暮らしについて、数多く言及している。高貴なところと関係があったからだ。

兼好は堀川《ほりかわ》家の家司《けいし》となり、一三〇一年に後二条《ごにじょう》天皇が即位すると、天皇の生母である西華門院《せいかもんいん》が堀川具守《ともり》の娘であったことから六位蔵人《ろくいのくろうど》に任じられる。従《じゅ》五位下左兵衛佐《ごいのげさひょうえのすけ》にまで昇進した後、三〇歳前後に出家遁世した。

本章で述べられているように、兼好の美意識は、住居だけではなく、あらゆる価値判断に及んだ。

住居に人柄が表れる

兼好は言う。

大方は家居にこそことざまはおしはからるれ。（第一〇段）

住まいは現世の仮の宿にすぎないが、住む人に似つかわしく、また好ましいのは興が深いものだ。

立派な人がゆったりと住みなしている所では、差し入る月の光も、一段心にしみるように見えるものであろう。現代風に華美ではないが、木立がどことなく古色を帯び、わざわざ手入れをしたとも思えぬ庭の草も風情ある様子で、簀子《すのこ》や透垣《すいがい》の続き具合も趣味がよく、何気なく置いてある調度品も古風な感じで落ち着いているのが、奥ゆかしいものと思われる。

それに対し、多くの大工が心をつくして磨き立て、和様《わよう》の、唐様《からよう》のと、物珍しく立派な調度品をずらりと並べ、前庭の植え込みの草木に至るまで人工的に作り立てるのは、かえって見苦しく、大変不愉快である。そんなことをしても、いつまで生きて住んでいることができようか。不慮の火災にあえば、一瞬の間に煙になる。

住居により、住んでいる人の人間性が推量できるものである。

季節は変わるときがよい

折節《をりふし》の移り変るこそ、ものごとにあはれなれ。（第一九段）

季節の移り変わりこそ、何事につけても味わい深いものである。

「もののあわれは秋がまさっている」と誰もが言う。

それももっともだが、今ひときわ心浮き立つものは、春の風物だろう。鳥の声なども格別に春めいて、のどかな日の光の中、垣根の草が萌《も》え出す頃から、次第に春が深くなってきて霞《かすみ》がそこらじゅうに立ち込めて、花もだんだん色づいてくる、そんな折も折、雨風の日が続くと、心はせわしなく思ううちに桜は散り過ぎてしまう。

青葉の季節になるまで、何かにつけてひたすら人の心を悩ませる。

初夏に咲く花橘《はなたちばな》の香は昔を思い出させるよすがとして有名だが、それでもやはり梅の香にこそ、昔のことが今に立ち戻ってきて恋しく思い出される。

山吹が清らかに咲いているのも、藤の花房がおぼろにかすんでいる様も、すべて捨てがたい情感が溢れている。

私も春が一番好きである。

特に五月が一番いい。暑くもないし、寒くもない。風も気持ちよい。一年中五月だったらいいのにと思うこともあるが、暑さあってこその、寒さあってこその、五月の価値なのだろう。

人品は行動に表れる

兼好はある人に誘われ、夜が明けるまで月を見て歩いた。その誘ってくれた人がふと思い出した邸《やしき》があり、取り次ぎを求めて入った。

荒れたる庭の露しげきに、わざとならぬ匂ひ、しめやかにうちかをりて、忍びたるけはひ、いとものあはれなり。（第三二段）

荒れた庭には露がびっしりと置き、わざわざ焚いたとは思えぬ香の匂いが、しっとりと漂って、世を忍んで暮らしている雰囲気が実にしみじみとさせられた。

ほどよい加減で、その方はお出になったけど、なおもそこの有様が優雅に思えて、物陰からしばらく見ていたところ、家のあるじは妻戸をなおも少し押し開けて、月を見る様子である。もしこれが客を送り出してすぐ戸締りして閉じこもってしまったら、失望させられたことであろう。

客が出ていった後まで見ている人がいると、どうして知ることがあろうか。このような振る舞いは、まったく普段の心がけによるのであろう。

人品は人間の表面に表れる。

兼好は《秋の月は、限りなくめでたきものなり。いつとても月はかくこそあれとて、思ひ分かざらん人は、無下に心憂かるべきことなり》(第二一二段)とも言った。

いつでも月はこのようなものであるといって、違いがわからない人は、ひどく情けないものであると。

心の美しさは、立ち居振る舞い、所作の美しさにつながる。

月を見てなんとも思わないような人は、人間世界においても、なんということもない人である。

眠いときは寝ろ

以前『禅 ZEN』という映画を観た。
鎌倉時代初期の禅僧で、曹洞宗の開祖である道元《どうげん》の生涯を描く。
禅僧だから、当然座禅を組む。
映画の中では、途中で眠ってしまった僧がこっぴどく叱られていた。
兼好は言う。

ある人、法然上人《ほふねんしやうにん》に、「念仏《ねんぶつ》の時、睡《ねぶ》りにをかされて行《ぎやう》を怠り侍ること、いかがしてこの障りをやめ侍らん」と申しければ、「目の覚めたらんほど念仏し給へ」と答へられたりける、いと尊かりけり。（第三九段）

ある人が法然上人に、「念仏を唱えているとき、眠くなって、勤行《ごんぎょう》を怠ってしまうことがあります。どのようにして、この障礙《しょうがい》を除くことができましょうか」と聞いた。するると、法然上人は「目が覚めたときに念仏なされよ」とお答えになった。これはたいそう尊い。

私も眠いときには一切仕事をしない。質が落ち、結果的に時間の無駄になる。

ゲーテもこう言っている。

《だから、私がすすめたいのは、けっして無理をしないことだ、生産的でない日や時間にはいつでも、むしろ雑談をするなり、居眠りでもしていたほうがいいよ。そんなときにものを書いたって、後で、いやな思いをするだけだからね》（エッカーマン『ゲーテとの対話』）

住まいは夏を中心に考える

日本の夏は暑い。私の場合、クーラーがないと死ぬ。

以前、「新潮45」という雑誌の時評に、次のように書いたことがある。

《評論家の渡部昇一《わたなべしょういち》が死去。享年八六。大昔に『知的生活の方法』を読んだけど、若者はクーラーを買えと書いてあって、なるほどと思ってクーラーを買いました。他の仕事は、あまり記憶にない。安倍（晋三）はフェイスブックに「（渡部は）批判を恐れず日本のマスコミの付和雷同《ふわらいどう》に挑戦し続けてこられた」と投稿。でも、日本のマスコミの安倍に対する「付和雷同性」には挑戦しなかったみたいだけど》

要するに、渡部をからかったわけだが、しばらくしてバカがネットで絡《から》んできた。曰く「適菜は渡部昇一に媚《こ》びている」「適菜は渡部昇一シンパに違いない」。

なぜそうなるのかよくわからないけど、バカはとめどない。

兼好は言う。

家の作りやうは夏をむねとすべし。冬はいかなる所にも住まる。暑きころわろき住居《すまひ》は堪へがたきことなり。（第五五段）

家は、夏を中心に考えてつくったほうがいい。

冬はどんなところにも住めるが、暑いときに、住みにくい住居は我慢ができない。

遣水《やりみず》（庭園などに水を導き入れて流れるようにしたもの）の水が深いのは涼しい気がしない。浅く流れているほうがいい。

引き戸のある部屋は、蔀《しとみ》（平安時代から住宅や社寺建築において使われた格子を取り付けた板戸）のある部屋よりも明るいので、細かい文字の書物を見るのによい。


ちなみに、北海道にはクーラーがない家が多いらしい。夏でも涼しいのであまり必要とされてこなかったとのこと。しかし、最近の異常気象で猛暑が続き、室内で熱中症になる人が増えているという。

一度避暑のために札幌《さっぽろ》に行ったが、東京より暑くて、ぐったりしたのを覚えている。

心は環境に左右される

兼好は言う。

人と生れたらんしるしには、いかにもして世を遁《のが》れんことこそ、あらまほしけれ。ひとへに貪ることをつとめて、菩提《ぼだい》におもむかざらんは、よろづの畜類《ちくるい》に変る所あるまじくや。（第五八段）

「求道心《ぐどうしん》さえあれば、住む場所は必ずしも選ばないだろう。在俗のままで、人と交際していても、極楽浄土を願うのにさしつかえあろうか」と考えるのは、少しも後世のことを知らない人である。

真実、現世のはかなさを悲観し、生死の苦悩ばかりの世界から必ず解脱《げだつ》しようと思うのに、いったい何が面白くて、朝夕主君に仕えたり、家庭を顧みる仕事に励むのだろうか。

心は周囲の環境に左右されて移り変わる。

閑寂な環境でなければ、仏道は達成できない。


スペインの哲学者オルテガ・イ・ガセットは《生とはすべて、「環境」つまり世界の中に自己を見出すことである。なぜならば、環境、つまり、周辺にあるものというのが「世界」なる概念のそもそもの意味だからである》（『大衆の反逆』）と言った。

環境を整えることは、生の可能性を整えることでもある。

私も仏道を達成しようとしているわけではないが、現世の雑事から離れて、静寂な環境で暮らしたいとは三日に一回くらいは考える。

一人の世界を大切にする

私は基本的には一人でいるのが好きである。

酒を飲むのも一人がいいし、きちんとしたものを食べるのも一人がいい。

もちろん、きちんとした人と会って、酒を飲むのは楽しい。

でも、そのときは酒や食事はあくまで会話の添え物である。

話が盛り上がったりしたら、料理の味も覚えていない。

私は特別においしいと思ったものがあったら、そちらのほうへ神経を集中させてしまう。根津《ねづ》にあるHという店で上海《シャンハイ》ガニの老酒《ラオチユウ》漬けに夢中になっていたら、某編集者に
「適菜さん、途中から話を聞いてなかったでしょう」と言われた。

ホールで音楽に集中しているときに、横から話しかけられたら腹が立つ。

それと同じ。きちんとしたものに向き合うときは、一人になるべきだ。

ニーチェは言う。

《エピクロスが食事中は美学上の会話をしなかったということは、なんと私にはわかることか！——彼は、食事について、また詩人たちについてあまりによく考えていたので、一方を他方の添え物にすることを欲しなかったのだ！》（『生成の無垢』）

兼好もそう考えていた。

つれづれわぶる人は、いかなる心ならん。まぎるる方なく、ただひとりあるのみこそよけれ。（第七五段）

孤独や退屈を苦痛と感じる人は、どのような心なのか？

心が乱されるものがなく、ただ一人でいることこそよいものだ。

世間に和すれば、心が世間の俗事に曇らされて、迷いがちになる。

人と交際すれば、外聞を憚《はばか》り、完全に本心ではないことを言うようになる。

人とふざけていると思えば、人と争い、恨んだかと思えば、喜んだりする。その心の動きは安定することがない。さかしらな分別がやたらに働いて、損得勘定がとどまる時がない。

迷いの上に酔っていて、酔っている最中に夢を見ているのだ。忙しいように走り回り、放心して我を忘れる。世の中の人は誰もこういうものだ。

まだ、仏の道を悟らなくても、世俗の縁を離れて身を静かにし、雑事に関わらず心を安らかにすることこそ、かりそめながら、生を楽しんでいると言えよう。「生活・社交・技能・学問等のすべての世俗の業《ごう》を絶て」と摩訶止観《まかしかん》にも書いてある。

「摩訶止観」とは仏教の論書の一つ。止観（止は三昧、観は智慧。仏教瞑想はこの二つから成る。上座部仏教でいうサマータとヴィパッサナー）についての解説書。

本当は私もこれをやりたい。

政治について書いていると、人間の汚さばかり見ることになる。人と交際すれば、見栄を張ったり、逆に媚《こ》びへつらったりする。

だからきちんとしたものに触れ合うことだけに集中したほうがいい。たとえばそれは、時代に磨き抜かれてきた古典である。

身の回りのものを厳選する

初めて訪問する家で、「え、なんでこんなものを飾っているの」と驚いてしまうことはある。某画家のイルカの絵だったり、へたくそなポエムのカレンダーだったり。

「センスないなあ」と。

飾ってあるもので、その人の品格は見えてくる。

兼好もそう思っていた。

屏風《びやうぶ》・障子《しやうじ》などの絵も文字《もんじ》も、かたくななる筆やうして書きたるが、見にくきよりも、宿の主《あるじ》のつたなく覚ゆるなり。（第八一段）

屏風や障子などに絵や文字が、まずい筆付きで書かれているのは、見苦しいというよりも、その家の主人がつまらない人物に思えてくる。

——

およそ所持する調度品によっても、持ち主に幻滅させられることがある。だからといって、高価で立派なものを持つべきだということではない。壊れたり傷がついたりしないようにと、品がなく実用だけを重視した無骨な外観に仕立てたり、めずらしく見せようとして不必要な装飾を付け加え、こうるさく作りたてるのを言うのである。古風で、さほどごてごてしておらず、無駄な出費にもならず、しかも質のよいものがよい。

ペットは犬くらいにしておけ

ここのところ動画サイトのユーチューブで豆柴の動画を見ることが多い。豆柴より小さい小豆柴という犬もいるが、ネット上では「無理な交配をして体を小さくするのは人間のエゴ」という意見もあった。しかし、どちらにせよ、ペットを飼うのは人間のエゴである。そんなエゴを充足させてくれる豆柴には感謝しなければならない。

兼好は「犬を飼え」と言うが、それは番犬としてである。

生を苦しめて目を喜ばしむるは、桀《けつ》・紂《ちゅう》が心なり。（第一二一段）

家畜として飼育するものは、まず馬、牛である。繋《つな》いで苦しめるのはかわいそうだが、無くてはならないものなので、仕方がない。

犬は家を守り、盗人を防ぐ働きが人間より優れているから必ず飼うべきだ。しかし、どの家にもいるものだから、わざわざ探さなくても済むだろう。

その他の鳥や獣は飼うべきではない。

野を走る獣は檻《おり》に閉じ込められ、鎖につながれ、飛ぶ鳥は逃げないように翼を切られ、籠《かご》に入れられる。鳥は自由な空の雲を恋しがり、獣の野山を思う悲しみは休まるときはない。

その思いを我が身にあてはめて耐えがたいと思うなら、情けある人は、それらを飼って楽しむことができようか。

生き物を苦しめて、それを見て喜ぶのは、中国古代の暴君の桀や紂のような残忍な心の持ち主である。王子猷《おうしゆう》（王羲之《おうぎし》の第五子。会稽《かいけい》の山陰に隠居し、風流を好み、とくに竹を愛した）が鳥を愛したのは、林に遊ぶのを見て、そぞろ歩きの伴侶としたのである。捕《とら》えて苦しめたのではない。

本当の悪人は誰か？

兼好は言う。

情緒を解さないと思える者も、時には立派な一言を言うものである。ある荒武者で見るからに恐ろしげな者が、傍らにいた人に向かって、「あなたには子供はいるのか」と質問した。「一人もおりません」と答えたところ、「ならば、人間の情緒は御存知なかろう。あなたが薄情な心の持ち主であるかと思うと、大変恐ろしい。子のおかげで、あらゆる情感は自然とわかってくる」と言っていたのは、まったくもっともなことである。

親子の愛情でなくして、恐ろしげな荒武者の心に、慈悲が湧くだろうか。

親孝行に励む心のない者も、子を持つことで、親の気持ちを悟るのである。

さて、いかがして人を恵むべきとならば、上《かみ》の奢り費《つひや》す所をやめ、民を撫《な》で、農を勧めば、下に利あらんこと、疑ひあるべからず。衣食尋常《よのつね》なる上に僻事せん人をぞ、まことの盗人とは言ふべき。（第一四二段）

世捨て人、天涯孤独で無一物の者は、何かにつけ世間のしがらみが多い人が、あらゆることで他人に媚びへつらい欲望の深いさまを見て、ひどく軽蔑するものであるが、それは間違っている。

そのような人の心になって考えれば、愛する親、妻、子のため、恥を忘れるし、盗みもするだろう。

であれば、盗人を捕えてこらしめるより、まずは世の人が飢《う》えず、寒さで凍《こご》えたりしないような政治をやるべきだ。『孟子』にもあるように、人は安定した資産がないときは、安定した心が持てない。人は追い詰められて盗みを行なうのである。世が治まらずに、人々が飢えたり凍えたりする苦しみにさらされるならば、罪人は尽きることはない。

ではどうすればいいか。

上に立つ者が浪費をやめて、民を慈《いつく》しみ、農業を奨励すれば、人々に利益が回ってくるのである。

衣食が足りているのに悪事を働く者こそ、本当の盗人と呼ぶべきだ。

経世済民《けいせいさいみん》、つまり「世を経《をさ》め、民を済《すく》ふ」ということだ。

現在のわが国は「衣食が足りているのに悪事を働く者」の天下になってしまった。

第六章

知性とは何か?

学問の力

学問の分野で何かをやり遂げた人は、学問が純粋に好きな人なのだと思う。

これは当たり前の話で、ピアノを弾くのが嫌いな人が、優れたピアニストになるわけがないのと同じだ。

しかし、こうした当たり前のことが往々にして忘れられたりもする。

「将来のため」と言いながら、嫌がる子供を塾に通わせたりする。それで子供はさらに勉強が嫌いになってしまう。

学問を学ばせたいなら、まずは学問を身につけることの面白さを伝えるべきだろう。そして、本当に勉強ができる子供は勉強が好きな子供である。

学問とは単に新しい知識を得ることだけが目的ではない。

兼好の言うように、それは世の中に対する姿勢であったり、教養であったり、広い意味では心を磨くことである。

兼好は読むべき本を具体的に挙げていく。

それはまずは古典である。

兼好が言うように古典を学ぶのは、昔の人を友にするのと同じである。和歌に馴染むのは、その時代の人々の心の動きに寄り添うためである。

そしてその教養は、自然に表に滲《にじ》みだす。

品のある人間は品があるように見えるし、低俗な人間は低俗に見える。

興味深いのは、兼好が「専門家に対する態度はどうあるべきか」「油断すると湧いてくる怠け心をどのように扱うべきか」といった令和の日本でもそのまま通用するような、するどい指摘を数多く残していることだ。

そして結論もこの時代から変わることはない。

最終的には、ただ学問の力により、自分を打ち破るしかないのである。

知性は努力で高まる

人はかたちありさまのすぐれたらんこそ、あらまほしかるべけれ、物うち言ひたる、聞きにくからず、愛敬ありて、言葉多からぬこそ、飽かず向はまほしけれ。（第一段）

兼好は言う。

人間は顔や姿が美しいのが理想的である。

それと、喋《しゃべ》り方が重要だ。

何を言っても感じがよく、愛嬌があり、余計なことを言わない人とはいつまでも向き合っていたいものだ。

立派だと思っていた人が、低俗な本性を丸出しにするのを見るのはがっかりするものだ。

身分や容貌は生まれつきで変わりようがないが、知性は努力によりどうにかなる。

身分や容貌がいい人でも、学才に欠けるようになってしまうと、身分が劣り容貌の醜い人の仲間に入ることになる。

それでは身につけたい教養とは何か？

正統的な学問、漢詩、和歌、管弦の才能……。

文字は下手ではなく、すらすらと書き、声がきれいで、さっと一座の音頭《おんど》を取れるようになればいい。

酒をすすめられたときは、少し困ったような顔をしながら、それでも飲めないわけではない。

そういう男はカッコいい。

知性により顔つきも変わってくる。

避けねばならないのは、余計なことしか言わないやつである。

死んでしまった人に会う方法

人は必ず死ぬ　死んだら、二度と会うことはできない。
しかし、文章を通じて、過去の人とも、心を通わせることができる。
兼好は言う。

ひとり、燈《ともしび》のもとに文《ふみ》をひろげて、見ぬ世の人を友とするぞこよなう慰むわざなる。

（第一三段）

一人、ともしびの下に書物をひろげて、会うことのできない昔の人を友とすることは、とても慰められることである。

本と言えば『文選《もんぜん》』の味わい深い巻々。『白氏文集《はくしもんじゆう》』、『老子《ろうし》』、『荘子《そうし》』、わが国の知識人たちの書いたものも、（今のものはともかく）昔のものは、味わい深いものが多い。

兼好の時代（鎌倉）でも、「昔のもの」「古典」こそが、読まれるべきものだった。読書とは過去との対話である。

歌は時代が生み出す

「和歌は、やはり面白い」と兼好は言う。

卑賤《ひせん》な民、山の木こりたちがするようなことでも、和歌に詠《よ》めば趣がある。獰猛《どうもう》な猪でも、「ふす猪《い》の床」と詠めば、優美になる。

最近の歌は、一か所はうまく表現できてはいるが、古い歌のように言外に余韻を漂わせている感じがするものはない。

紀貫之《きのつらゆき》は《糸による物ならなくに別れ路の心細くも思ほゆるかな》（『古今和歌集《こきんわかしゅう》』）と詠んだ。

これは『古今和歌集』の中で最低の作品と言い伝えられているが、それでも現代の歌人が詠めるような品格ではない。

歌の道のみいにしへに変らぬなどいふこともあれど、いさや、今も詠みあへる同じ詞・歌枕《うたまくら》も、昔の人の詠めるはさらに同じものにあらず、やすくすなほにして、姿もきよげに、あはれも深く見ゆ。（第一四段）

歌の道だけは今も昔も変わらないということもあるが、さあどうだろうか。同じ歌語や歌枕でも、昔の人の詠んだものは、決して今の時代と同列のものではない。

昔のものは、平明で自然であり、上品で、感動も深い。『梁塵秘抄《りようじんひしよう》』（平安時代末期に編まれた歌謡集。今様歌謡の集成。編者は後白河法皇《ごしらかわほうおう》）の俗謡の文句もまた感動的なものが多いようだ。昔の人は、ただ言い捨てたような言葉でも、皆、素晴らしく聞こえる。

『古今和歌集』の偉大さはその時代が生み出したものだろう。

古典と呼ばれるものはいずれもそうだ。

ゲーテは言う。

《私たちは、古代ギリシャの悲劇に驚歎する。けれども、よくよく考えてみれば、個々の作者よりも、むしろ、その作品を可能ならしめたあの時代と国民に驚歎すべきなのだ》（エッカーマン『ゲーテとの対話』）

《いや、ほんとうに昔の人は壮大な意図をもっていたねえ。それればかりじゃなくて、ちゃんとまたそれが表現できたんだからねえ。それなのにわれわれ近代人は、意図だけは大きくても、それを思うままに力強く生きいきと生みだすことがほとんどできない》（同前）

人間は時代に制約される。

腐った時代においては、健康な時代に学ばなければならない。

餅は餅屋

よろづにその道を知れる者はやんごとなきものなり。（第五一段）

兼好は言う。

亀山殿《かめやまどの》(亀山天皇に始まり後醍醐《ごだいご》に至る大覚寺統《だいかくじとう》に相承《そうしょう》される山荘御所。場所は現在の天龍寺《てんりゅうじ》)の御池に、大堰川《おおいがわ》の水を引き入れたいとのことで、土地の住人に命じて、水車を作らせたことがあった。多額の資金を使い、かなりの日数をかけて作り出したのに、まったく回転しない。あれこれ手直ししたが、とうとう回らず、空しく放置されることとなった。

そこで宇治《うじ》の里の住人に作らせたところ、やすやすと作り上げて、水車もうまく回転し、水をくみ上げる様子は見事であった。万事、その道を知る専門家はすばらしいもの

——である。

餅は餅屋である。

早とちりは恥ずかしい

私の知り合いが、昔、オーティス・ラッシュ（ブルース・ギタリスト）のライブに行ったときの話。

最初に前座の黒人が出てきてブルースの演奏を始めると、隣にいた客が「ラッシュー！」と声援を送ったとのこと。要するに、前座をラッシュと間違えたわけだ。そして、前座の演奏が終わり、いよいよラッシュが登場した。

他人事《ひとごと》ながら冷や汗が出る話である。

その客は、「ラッシュが演奏しているのに、みんな盛り上がっていないな」「後から出てきたおじさんは一体誰なんだろう?」と思ったのでしょう。そして真実に気づいて目の前が暗くなった。

兼好は言う。

仁和寺《にんなじ》にある法師、年寄るまで石清水《いはしみづ》を拝まざりければ、心憂く覚えて、ある時思ひ立ちて、ただひとり、徒歩《かち》より詣でけり。極楽寺《ごくらくじ》・高良《かうら》などを拝みて、かばかりと心得て帰りにけり。(第五二段)

仁和寺にいた僧が、老人になるまで石清水八幡宮に参拝したことがなかった。

そこで、ある日思い立ち、一人で歩いて行き、参拝した。

ところが、この僧は、山上にある石清水八幡宮を拝まずに、男山《おとこやま》のふもとにある極楽寺・高良神社などの付属寺院や末社だけを拝んで、これで全部だと思って、帰ってしまった。

その道に通じ導いてくれる人がいたほうがいい。

自分の務めにはげむ

兼好は言う。

人ごとに、我が身にうときことをのみぞ好める。法師は兵《つはもの》の道を立て、夷《えびす》は弓ひく術《すべ》知らず、仏法知りたる気色《きそく》し、連歌し、管絃《くわんげん》を嗜みあへり。されど、おろかなるおのれが道よりは、なほ人に思ひ侮られぬべし。（第八〇段）

誰も彼も、自らとは縁遠い専門外のことばかりを好むものだ。法師は武芸に励み、荒武者は弓を引く方法も知らずに、仏法を知っているような顔つきをし、皆で連歌を詠み、管弦を嗜んでいる。そんなものは人から軽蔑される。

法師だけではない。上達部《かんだちめ》・殿上人《てんじょうびと》など、身分の高い人々まで、武芸を好む人が多い。しかし、百戦百勝しても、武勇の名を定めることはできない。なぜなら勝機に乗じて敵を粉砕するときは、誰でも勇者になれるからだ。武器が尽き、矢が無くなっても敵に降伏せず、死をものともせずに勇敢に振る舞った後で、ようやく名が輝くことになるのだ。

よって、生きている間は、武勇を誇るべきではない。

武勇は人倫から外れた、鳥や獣に類した振る舞いであり、武士の家柄でなければ、好んでも無益である。

バカは専門外のことに口を出す。

寄り道をせずに自分の専門を究めろということである。

怠け心はすぐバレる

ある人が弓を射ることを習う際、二本の矢を手にして的《まと》に向かった。弓の師範が言うには、「初心の人は、二つの矢を持ってはならない。二本目の矢をあてにして、最初の矢をおろそかにする心が生じる。いつも、二本目の矢はなく、ただこの一本で決まるのだと思え」と。

兼好は言う。

懈怠《けだい》の心、みづから**知**らずといへども、**師**これを**知**る。このいましめ、**万事**にわたるべし。（第九二段）

怠けようとする心は、自分自身は気づかなくても、師範にはわかる。

この戒めは、あらゆることにあてはまる。

仏道を修行する人は、夕方には翌朝があるだろうと思い、翌朝になると今度は夕方があるだろうと思い、暇になってから身を入れてやればいいと心づもりをしている。こういう有様であるから、ましてや一瞬の間に、怠け心が潜んでいると自覚しようか。やるべきことをただちに実行することはなんと難しいことだろう。

学問を身につける順番

兼好は言う。

人の才能は、文《ふみ》にあきらかにして、聖《ひじり》の教を知れるを第一とす。次には手書くこと、むねとすることはなくとも、これを習ふべし。学問に便《たよ》りあらんためなり。

（第一二二段）

人の才能は、古典に通じていて、聖人の教えを知っていることを第一とする。次には上手に字を書くこと。専門にまでする必要はないが、これを習うべきである。これは学問をするときの手助けともなる。

次に医術を習うのがよい。自分の身体を丈夫にし、他人の命を救う。忠孝のつとめを果たすことも、医術の知識がなければならない。

次に、弓を射ること、馬に乗ること、これは六芸（古代中国で士以上の者が修得すべきとされたもの）に数えられている。

文・武・医の三道は、どれひとつでも欠けてはならないものである。これを学ぶ人を、つまらないことをする人だと言ってはならない。

次に、食は人間にとって何より大切である。上手な調味の術を知っている人は、立派な能力を持つ人と考えるべきだ。その次は手工芸に関する才能である。

これ以外の諸事については、多能は君子の恥とするところである。詩歌にたくみで、見事に管弦を奏《かな》でることは、ともに高尚深遠で究めがたい芸道であり、君臣ともに重んずるとはいうが、今の世ではその力で、天下を治めることは不可能になってきている。いわば、金は価値は高いけれども、鉄の用途の多いのに及ばないようなものだ。

兼好の時代においてすら、すでに貴族的価値も文化も廃《すた》れ、即物的な時代になっていたのである。

黙って勉強する

兼好は言う。

人にまさらんことを思はば、ただ学問して、その智を人にまさらんと思ふべし。

（第一三〇段）

人に勝とうと思うなら、ひたすら学問をして、その知識の力で他人に勝とうと思うべきである。儒道を学ぶなら、自分の長所におごり高ぶらず、仲間と争ってはならないということを知るだろう。

立派な地位や名誉も辞退し、利益さえも捨てられるようになるのは、ただ学問の力によるのである。

学問の力とは単なる「情報」の集積ではない。先人に学び、判断能力を身につけるということである。福沢諭吉《ふくざわゆきち》は、『学問のすゝめ』の冒頭で《天は人の上に人を造らず、人の下に人を造らず》と説いた。そこだけ見れば、単なる近代啓蒙主義者のようだが、福沢はその後に「されども」と続けている。

されども、世の中には愚者がたくさんいる。では、賢者と愚者の違いはどこにあるのか？　それは学問を身につけているかどうかである。学問とは単に難しいことを知っていることではない。現実に即し、世の中を判断できるかどうかである。

自分を知る

高倉院《たかくら》の法華堂《ほっけどう》の三昧僧《さんまいそう》で、某律師という者が、ある時、鏡を手にして自分の顔をつくづくと見て、自分の容貌が醜く、あきれるほどひどいと、あまりにも情けなく思って、鏡までも厭《いと》わしい物であるような心地がしたので、その後は長く鏡を恐れて手に取らず、人とも交際しなかった。

法華堂の勤行だけに立ち会い、後は引きこもっていた

これはめったにない殊勝なことだと兼好は思った。

賢《かし》こげなる人も、人の上をのみはかりて、おのれをば知らざるなり。我を知らずして外《ほか》を知るといふ理《ことわり》あるべからず。されば、おのれを知るを、物知れる人といふべし。

（第一三四段）

賢そうに見える人も、自分のことは知らない。

自分を知らずに他人を知るという道理があるはずがない。

だから、自分を知っている人を、物を知っている人と言うべきだ。

自分の容貌が醜いのに知らず、心が愚かなのも知らず、芸の拙《つたな》いのも知らず、自分など物の数でもないことをも知らず、年老いたことも知らず、病に冒されるのも知らず、死が近いのも知らない。修行が道半ばであることも知らない。

こういう自身の欠点を知らないのだから、まして他人からの批判を知らない。

ただし、容貌は鏡に映せば知ることができる。

年齢は数えればわかる。

だとしたら、なぜ反省しないのか？

拙いことを知れば、どうしてすぐに退かないのか？

年老いたと知れば、どうして静かに身を安静にしないのか？

修行がおろそかと知れば、どうして自分のこととして反省しないのか？

醜い人間、精神の奇形、自己欺瞞の天才が幅を利《き》かせる世の中である。腐った社会においては、恥知らずが一番強い。

恥をかくことも大切

兼好は言う。

天下のものの上手といへども、始めは不堪《ふかん》の聞えもあり、無下《むげ》の瑕瑾《かきん》もありき。されどもその人、道の掟《おきて》正しく、これを重くして放埓《はうらつ》せざれば、世の博士《はかせ》にて、万人の師となること、諸道変るべからず。（第一五〇段）

――芸能を身につけようとする人は、「うまくないうちは、うかつに人に知られないようにしよう。ひそかによく練習して熟達してから人前に出るようにすれば奥ゆかしく見えるだろう」と言うようだが、このような人は一芸も上達しない。

まだ未熟なうちから、上手い人の中に交《ま》じって、けなされ笑われても恥じず、平然と稽古する人が、天性の才能は無くても、倦《う》まず弛《たゆ》まず、いい加減にしないで年を送れば、才能があっても稽古をしない者よりは、結局は名人の境地に達するものだ。そして、貫禄もつき、人に認められて、ならびなき名声を得る。

世の名人と言われる人も、最初は下手との評判もあり、ひどい欠点もあった。しかし、そのような人でも、その道のいましめを厳しく守り、それを重んじて勝手なことをしなければ、世間にまたとない権威として、万人の師となるのであり、そのことはどの芸の道でも変わることはない。

芸を育てるのは辛辣《しんらつ》な観客、見巧者《みごうしゃ》である。

失敗は成功の元ともいう。人前に立ち、批判を浴びることで芸は磨かれている。

きっかけをつかむ

兼好は言う。

あからさまに聖教《しやうげう》の一句を見れば、何となく前後の文《もん》も見ゆ。卒爾《そつじ》にして多年の非を改むることもあり。かりに今、この文を披《ひろ》げざらましかば、このことを知らんや。これすなはち触るる所の益《やく》なり。心さらに起らずとも、仏前にありて数珠《ずず》を取り、経を取らば、怠るうちにも善業《ぜんごふ》おのづから修せられ、散乱の心ながらも縄床《じようしやう》に座せば、覚えずして禅定《ぜんちやう》成るべし。（第一五七段）

筆をとれば自然と何かを書くようになるし、楽器を手にとれば音を鳴らしたくなる。盃《さかずき》をとれば酒が飲みたくなり、サイコロをとれば博打がしたくなる。

人間の心とはそういうものである。

だから、よくないものには触れ合わないほうがいい。

そして、よいものを近くに置くことである。

仏典や経典の一句でも見れば、なんとなくその前後も見るものである。

こうして、たちまち長年の過ちを改めることもある。しかし、その仏典を広げてみなかったら、そういう経験をすることもない。


これが仏教の言う「機縁《きえん》」である。

仏を求める心はなくても、数珠をもったり、経文を唱えることにより、見えてくるものがある。

大事なことは、今は見えなくても、見える日が来るまで、偉大なものと触れ合い続けることだ。

慢心を戒める

ただこの慢心なり。人にも言ひ消たれ、禍《わざはひ》をも招くは、をここにも見え、（第一六七段）

兼好は言う。

ある専門家が、専門外の分野のことについて、「ああ、これが私の専門分野の話だったら、このように傍観などしますまい」などと言うのは、よくあることではあるが、くだらない。

知らない分野のことがうらやましく思うなら、「ああうらやましい。どうしてこの分野を学習しなかったのか」とでも言っておけばいい。

自分の知識を持ち出して、人と競争するのは、角や牙のある動物が嚙《か》みつきあうのと同類だ。

人間たるもの自分の長所を誇りとせず、人と争わないことを美徳とする。他人より優れていることがあるのは、大きな欠点なのだ。家柄の高さでも、才芸に長じているのでも、先祖の名声も、人より優れていると思う人は、たとえ言葉に出して言わなくても、心の中に多大の罪を犯している。

深く用心して、こうした長所を忘れたほうがいい。

愚かだと見られ、人から批判され、災難に遭《あ》う原因は、ただこの慢心にある。

こういうみっともない人間は多い。

新型コロナ騒動においても、医者でも感染症の専門家でもない素人《しろうと》が、大声をあげて専門家を罵倒するという事態が発生した。ある分野における専門家でも、別の分野においては素人である。たとえ優秀な文学者であっても、航空工学について軽々しく口を出していいということにはならない。専門家も間違えることはあるが、だからといって、素人の意見と同列に扱っていいはずはない。

先述のオルテガは《今日われわれは超デモクラシーの勝利に際会しているのである》

（『大衆の反逆』）と言った。

《かくして、その本質そのものから特殊な能力が要求され、それが前提となっているはずの知的分野においてさえ、資格のない、資格の与えようのない、また本人の資質からいって当然無資格なえせ知識人がしだいに優勢になりつつあるのである》（同前）

ゲーテはこうも言う。

《精神的にも肉体的にも生れつき力の備わっている人は、きわめて謙譲であるのがふつうだ。逆に、精神に特別欠陥のある人は、はるかにうぬぼれ屋であるものだ》（エッカーマン『ゲーテとの対話』）

老いはすぐにやってくる

——ある人が息子を法師にして「学問を積んで因果応報の道理を知り、人々に説経などをして生活の手段にせよ」と言った。息子は親の教えに従い、まず馬に乗ることを習った。なぜかというと、輿《こし》や牛車を持たない身分だから、法要の導師として招かれた場合、馬で迎えにこられて、落馬するのはみっともないと考えたからだ。

次に、仏事の後、酒などをすすめられることがあったら、法師がまったく無芸というのも、施主が興ざめだろうということで、早歌《そうか》（当時東国を中心に流行った歌謡）を習った。

この二つの芸がやっと熟練の域に達したので、さらにうまくなりたいと思って、努力しているうちに、肝心の説経を習う時間がなくなり、むなしく齢を取ってしまった。

若きほどは、**諸事**につけて、**身**を**立**て、**大**きなる**道**をも**成**《じやう》じ、**能**をもつき、**学問**をもせんと、**行末久**しくあらますことども**心**には**懸**けながら、**世**をのどかに**思**ひてうちおこたりつつ、まづさしあたりたる**目**の**前**のことにのみまぎれて、**月日**を**送**れば、ことごとなすことなくして、**身**は**老**いぬ。（第一八八段）

若い時は何ごとにつけても、立身し、大きな事業を成功させ、技能も身につけ、学問もしようと、遠い将来まで予想した計画などを心に抱きながら、のんびりと構えて油断しているうちに、さしあたってやらなければならない目の前の用件にとらわれ、月日を送り、何も成し遂げずに老いてしまう。

だから、最初に何を優先させるのか考えなければいけないと兼好は言う。
そして他のことは断念し、一つのことだけに励むべきだと。
逆に言えば、一つのことを成し遂げるためには、犠牲を避けてはならない。
ちょっとした心の怠りが、そのまま一生の怠りになるということはよくあることだ。

二兎を追う者は一兎をも得ず

兼好は言う。

一事を必ずなさんと思はば、他の事の破るるをもいたむべからず、人の嘲りをも恥づべからず。（第一八八段）

一生のうちで優先すべきことをよく考え、一つのことに精を出すべきである。どれも放棄すまいと執着したままでは、一つのことすら成就するはずがない。これは、碁を打つ人が、一手も無駄にせず、相手に先立って、利の少さい石を捨てて利の大きな石を取るようなものである。

その場合、三つの石を捨てて、十の石を取ることはやさしい。

しかし、十の石を捨てて、十一の石を取るのは難しい。一つでさえも利が大きいほうを取るべきなのに、石が十にもなると、惜しくて、取りかえようとする気にはなれないのだ。

これをも捨てず、あれも取ろうと思う気持ちが、あれをも取れず、これも失うことにつながる。

東山《ひがしやま》に用事があって既に着いたとしても、西山《にしやま》に行けばより利益が大きいことに気づいたなら、門から引き返し西山へ行くべきなのだ。「せっかくここまで来たのだから」と考えるのが、一生の怠りにつながるのだ。

「二兎を追う者は一兎をも得ず」という諺《ことわざ》のとおりである。「虻蜂《あぶはち》取らず」という言葉もある。

第七章

よい趣味と悪い趣味

よい趣味と芸の達人

兼好は趣味人だった。二条為世《にじょうためよ》に和歌を学び、為世門下の和歌四天王の一人にも数えられる。その歌は『続千載集《しょくせんざいしゅう》』『続後拾遺集《しょくごしゅういしゅう》』『風雅集《ふうがしゅう》』に計一八首収められている。

兼好は第二一九段で笛の名人大神景茂《おおがのかげもち》のエピソードを紹介する。

四条中納言《しじょうちゅうなごん》（藤原隆資《ふじわらのたかすけ》）は「豊原竜秋《とよはらのたつあき》は、楽道では貴重な人材だ」と言った。

先日彼がやって来たとき、横笛の五の穴は、やや不審な所があると言った。

「横笛では、それぞれの穴と穴の間に一音があるのに、五の穴だけが、次の上との間に音がなく、しかも穴と穴の感覚は他と等しいために五の穴の音は狂ってしまう。そこで私はこの穴を吹く時は、必ず口を離します。うまく離さないと、他の楽器と調和しません。だからこれをうまく吹ける者は滅多にいないのです」と言った。これはよく考えたもので、実に興味深い。

後日、この説を聞いた景茂は、「笙《しょう》の場合は調律を済ませて手にとれば後は吹くだけである。笛は、吹きながら、息遣いでだんだん調律していくものだから、穴ごとに口伝がある上、吹き手の天分によって心を込めて吹く、それは五の穴に限らない。必ず口を離すとばかり決まっているわけでもない。下手に吹けば、どの音でも狂う。上手な人はどの穴でも正しく音を合せる。楽器の奏でる旋律が合わないのは演奏者の責任である。楽器の罪ではない」とのことであった。

このような兼好の文章も音楽を理解していなければそう簡単に書けるものではない。そして、これはすべてに通じる真理でもある。ものごとは理論だけではうまくいかない。当意即妙《とういそくみょう》である。実際に吹きながら、息遣いでだんだん調律していくものだ。

達人と呼ばれる人たちは、それを理解している。

旅に出よう

兼好は言う。

いづくにもあれ、しばし旅立ちたるこそ、目さむる心地すれ。そのわたり、ここかしこ見ありき、ゐなかびたる所、山里などは、いと目慣れぬことのみぞ多かる。

（第一五段）

どこであれ、旅に出るのは、目が覚めるような新鮮な気持ちがする。

旅先の周辺をあちらこちら見物して歩き回ると、田舎めいた所や山里などは、ずいぶん見慣れないことばかりである。

都の留守宅に手紙を遣わすときにも、「あのことやそのことを都合のいいときに、忘れずにやっておきなさい」などと書くのは面白いものである。

旅先では、何事にも気を配るようになる。旅に持ってきた身の回りの品々まで、素晴らしいものはより素晴らしく見える。旅の同行者も、才能のある人、容貌の優れた人は、平生より一段と引き立って見える。

寺や神社に内々に参籠するのも面白い。


旅に出るということは、新しい場所を知るだけではなく、自分を知ることにもつながる。

旅はよい趣味のひとつである。

「先の大戦」といえば応仁の乱

昔からよくある話だが、京都では「先の大戦」といえば、応仁の乱のことを指すという。それくらい歴史があるということを言いたいがための、言い回しにすぎないと思っていたが、実際京都に行くと、そうではないことがわかる。神社仏閣をまわれば、江戸時代あたりはつい最近のことのように思えてくる。
兼好はある古老の言葉を紹介する。

何事も古き世のみぞ慕はしき。今様《いまやう》は無下《むげ》にいやしくこそなりゆくめれ。かの木の道の匠《たくみ》の造れる、うつくしき器物《うつはもの》も、古代《こたい》の姿こそをかしと見ゆれ。（第二二段）

何事につけても、昔の世の中ばかりが、慕わしく思える。現代風は、むやみに下品になっていくようだ。『源氏物語《げんじものがたり》』であの指物師《さしものし》がつくったというさまざまな美しい器物でも、古風な姿のものが趣深い。
手紙の言葉でも、昔の人の書き古した紙類に書いてあるのはみごとなものだ。しかし、日常の話し言葉も最近では嘆かわしいものになってきた。

平安の貴族の文化や美意識は兼好の時代には廃れていた。

そして言葉の乱れもすでに嘆かれていたのだ。
「昔はよかった」というのは、いつの時代でも変わらない。

ふざけるのにも限度がある

これも仁和寺《にんなじ》の法師、童《わらは》の法師にならんとする名残とて、おのおのあそぶことありけるに、酔《ゑ》ひて興に入るあまり、傍《かたはら》なる足鼎《あしがなへ》を取りて、頭《かしら》にかづきたれば、つまるやうにするを、鼻をおし平《ひら》めて顔をさし入れて舞ひ出でたるに、満座興に入ること限りなし。（第五三段）

これも仁和寺の法師の話。童が剃髪《ていはつ》して僧になるので、そのお別れ会ということで皆で遊んでいた。

ある法師が酔って興が乗るあまりに、そばにあった足鼎を取って頭にかぶったところ、きつくて詰まるような感じだったが、鼻を押して平たくして、顔をさし入れて舞い踊りはじめた。座は大いに盛り上がった。

ところがその後、大変なことになる。

舞い終わってから足鼎をぬごうとしてもぬげない。

それで酒宴の場はしらけてしまった。

そのうちに、首のまわりが傷ついて血が出てきた。

首が腫れて息もできない。

足鼎を割ろうとしたが割れない。

医者に連れて行ったが、見放された。

親しい者、年老いた母などが枕元で泣き悲しむ。

そんな折、ある人が言うには、「たとえ耳や鼻が失われても、命を助けたほうがいい。ひたすら力を入れて引っ張れ」と。それで無理やり引っ張り、一命はとりとめた。

法師の耳と鼻はなくなり、その後、長く病にかかっていた。

ふざけるのにも限度がある。

余談だが、『古典のすすめ』（谷知子）という本に興味深い話があった。御伽草子《おとぎぞうし》の『鉢かづき』は、頭に鉢をかぶせられた少女が、それによりひどい目にあったり、結果的に救われたりする物語であり、米原《まいばら》の筑摩《ちくま》神社には少女が張子の鍋をかぶる「鍋冠祭《なべかんむりまつり》」という奇祭がある。

子供から大人へ成長する過程で、頭に鉢（鍋・鼎）をかぶるという共通のイメージが過去にはあったのだろうが、現代人にはそれがわからなくなっていると。

谷氏は、男子が成人すると冠をかぶることや、結婚式で女性が綿帽子をかぶることと関係があるかもしれないと指摘していた。

流行に流されるのはみっともない

今様《いまやう》**のことどもの珍しきを、言ひひろめ、もてなすこそ、またうけられね。世にことふりたるまで知らぬ人は、心にくし。**（第七八段）

最近流行になっている珍しいことを言いふらしたり、もてはやすのは感心しない。世間で言い古されるまでに、そのことを知らずにいる人は奥ゆかしい。

また、談話の場などで、今来たばかりの人がいるとき、それまでしていた話題や物の名前などを、よくわかっている者同士が、一部分だけを言い合って、目くばせして笑ったりなどして、その意がわからない人に変な風に思わせることは、世間を知らない、教養のない人が、よくやることである。

いい歳をした大人が流行を追うのも、新語や符丁を使うのもみっともない。

負け惜しみの構造

兼好は言う。

ある者、小野道風《をののたうふう》の書ける和漢朗詠集《わかんらうえいしふ》とて持ちたりけるを、ある人、「御相伝《ごさうでん》、浮けることには侍らじなれども、四条《してうの》大納言撰《えら》ばれたる物を、道風書かんこと、時代や違《たが》ひ侍らん。覚束《おぼつか》なくこそ」と言ひければ、「さ候《さうら》へばこそ、世にありがたき物には侍りけれ」とて、いよいよ秘蔵《ひさう》しけり。（第八八段）

ある者が、小野道風（三跡の一人）が書写した『和漢朗詠集』だと言って大切に持っていたのを、ある人が「あなたのお持ちの御本の伝来は、根も葉もないことではありますまいが、四条大納言公任卿（藤原公任《ふじわらのきんとう》）が編纂された『和漢朗詠集』を、それより前の時代の道風が書写することは、時代が合わないのではありませんか、不審です」と

――言ったところ、「だからこそ、世にも稀な珍品なのです」と言って、ますます秘蔵したのだった。

要するに、負け惜しみ。だから人間は面白い。

自己欺瞞のために天才的能力を示す人々もいる。

ゴシップに飛びつくな

『源氏物語』の有名なくだり、「雨夜の品定め」は、一七歳の光源氏のところに、義兄の頭中将《とうのちゅうじょう》、左馬頭《さまのかみ》、藤式部丞《とうのしきぶのじょう》といった貴公子がやってきて、五月雨《さみだれ》が続く中、女性論を闘わせる。

こうした若者たちならまだしも、いい歳をした人間が、色恋沙汰や他人の身の上話を面白おかしく語るのはみっともない。

兼好は言う。

四十《よそじ》**にも余りぬる人の、色めきたる方、**おのづから**忍**びてあらんはいかがはせん、**言**《こと》にうちいでて、**男女**《をとこをんな》のこと、**人の上**をも言ひたはぶるるこそ、にげなく、**見苦**しけれ。（第一一三段）

四〇を過ぎた人が、たまにひそかに色恋に耽《ふけ》るのはしかたがないとしても、わざわざ口に出して、男女の情事や、人の身の上話までも面白おかしく語るのは、実に不似合いでみっともない。

老人が若者に交じって、面白がらせようと、何かを言うのもみっともない。取るに足りぬ分際でありながら、名望のある人のことを、まるで知り合いのように話すのもみっともない。

貧乏なくせに、招待客を豪勢にもてなそうと派手に振る舞うのもみっともない。

芸能人が不倫しようが、自分となんの関係があるのか？
テレビのワイドショーを見れば、最短でバカになる。

最後まで油断するな

有名な木登りと言われた男が、人に命令して、高い木に登らせて梢《こずえ》を切らせていたとき、とても高いところにいてきわめて危険だと思えた間は何も言わなかった。そして降りてくるときに、軒《のき》の高さくらいになって、「ケガをするなよ。心しておりろ」と言葉をかけた。「これくらいの高さなら飛びおりることができるのに、なぜあのようなことを言ったのか」と申したところ、「さればでございます」と答えた。

鞠《まり》もかたき所を蹴出《けい》だしてのち、やすく思へば、必ず落つと侍るやらん。

（第一〇九段）

有名な木登りは「目がくらむような高さで、枝も細くて心もとない間は、自分が恐れて注意していますので、私からは何も申しません。失敗は、もうわけもないというところになって、必ずしでかすものでございます」と言う。

この木登りの名人は、素性も知られぬ下賤《げせん》の者であるが、この言は、聖人の教訓に通じている。蹴鞠《けまり》の場合も、難しいところをうまく蹴り上げた後で、安心していると、必ず蹴り損ねて落としてしまう。

安心して油断したときが一番危ない。小学校の遠足で解散式のときに校長先生が「家に帰るまでが遠足です」と語るテンプレートと同じ。

私は東欧の国々を回った後、ミュンヘンの巨大な空港で出国ゲートから搭乗口までむやみに遠いことに気づかなくて、飛行機に乗り損ねそうになった。

キラキラネームのメンタリティー

児童虐待事件が起きると子供の名前に注目が集まる。そういう親はいわゆるキラキラネームを付けている確率が高いからだ。昔、「悪魔ちゃん命名騒動」というのがあった。子供に「悪魔」という名前をつけたが、行政側は親権の濫用を理由に不受理。それで裁判になって、注目を浴びた。

「王子様」という名前の高校生が裁判所から改名を認められたケースもある。「皇帝」は「しいざあ」と読むらしい。こういう話がワイドショーで紹介され、「昔はそんな変な名前をつける親なんていなかったのにね」と嘆くのがお決まりのパターンだが、兼好の時代にも、「昔はそんな変な名前をつける親なんていなかったのにね」と言われていたのである。

人の名も、目なれぬ文字《もんじ》をつかんとする、益《やく》なきことなり。

何事も、珍らしきことを求め、異説を好むは、浅才《せんざい》の人の必ずあることなりとぞ。

（第一一六段）

寺院の名前をはじめとして、ありとあらゆるものに名前をつけることに対し、昔の人は変な趣向をこらさず、ありのままに、わかりやすくつけた。しかし、最近は、いろいろ考えて、知性を見せびらかそうとしているように思われる。これは、みっともない。

人の名も、見慣れない文字をつけようとするのは無益なことだ。

何事も珍しいことを求め、異説を好むのは、教養のない人間が必ずやることだ。

政治家の名前は太郎や一郎が多い。これは世襲が多いからだろう。選挙のときもわかりやすい。

「皇帝」ならまず落選する。

小さな命を大切にする

雅房《まさふさ》大納言は、学識にすぐれ、立派な人だった。

それで、上皇が雅房を近衛大将《このえのだいしょう》にも任じてやりたいと思っていたところ、近臣の者が「今、あきれたものを見てしまった」と申し上げた。

上皇は「何事であるか」と聞いた。

近臣の者は「雅房卿が、鷹狩りの鷹のエサにするために、生きている犬の足を斬っていたのを垣根の穴から見ました」と言う。

上皇は不愉快な気持ちになり、雅房への寵愛もなくなった。そして、雅房はついに昇進しなかった。

犬の足の話は証拠があったわけではない。事実無根で昇進できなくなったのは気の毒なことだが、このような話を聞いて、雅房大納言を憎んだ上皇の心は尊いものである。

大方、生けるものを殺し傷《いた》め闘はしめて、遊び楽しまん人は、畜生残害《さんがい》の類《たぐひ》なり。
（第一二八段）

あらゆる鳥獣、小さい虫までも、注意して様子を見ると、子を思い、親を慕い、雌雄が連れ添い、嫉み、怒り、欲張り、保身で、命を惜しむことは、まことに愚かな動物であるだけに、人間よりもそういう本能的なものは強い。

そんな存在に苦しみを与え、命を奪うことは、非常に痛ましいことだ。

すべて、あらゆる命あるものを見て、慈悲の心が起きないのは人間ではない。

それはそうかもしれないが、これは雅房がかわいそう。

花は盛りに、月は隈なきをのみ、見るものかは

兼好は言う。

花は盛りに、月はくまなきをのみ、見るものかは。雨にむかひて月を恋ひ、垂れこめて春の行方知らぬも、なほあはれに情深し。咲きぬべきほどの梢、散りしをれたる庭などこそ、見所多けれ。（第一三七段）

桜は満開のときだけを、月は一点の曇りもないときだけを見ればいいのか？

いや、違う。

雨に向かって月を恋しく思い、病により部屋に引きこもり春の行方を知らないのも、しみじみしていて趣が深い。

今にも咲きそうな桜の梢《こずえ》、逆に花びらの散り敷いた庭など見る価値がある。

無粋な人間ほど「この枝もあの枝も花が散ってしまった。今は見る価値もない」などと言う。

しかし、ものごとは始めと終わりにこそ趣がある。

男女の機微も、逢《あ》っているときだけでなく、逢えないときのつらさや、あてのない約束に愚痴をこぼしたり、長い夜を一人で明かしたりするときに感じることがある。

先述したように、私は苔が好きである。疲れて追い詰められたときは、最後は苔と触れ合いに行く。苔がある庭だけが魂を救ってくれる。

東山慈照寺《じしょうじ》（銀閣寺）の庭の苔もいい。慈照寺をつくったのは室町幕府八代将軍の足利《あしかが》義政《よしまさ》。祖父義満《よしみつ》が建てた金閣に倣《なら》ったもので、義政は西芳寺（苔寺）に何度も通い、参考にしながら苔を植えた。

紅葉の時期に慈照寺に行ったことがある。観光客の誰もが上を見ながら庭を歩いていたが、私は下だけを見て歩いていた。どうしても苔が気になる。寒くなってくると苔はあまり元気がない。昔はそれを見て寂しい気持ちになったものだが、最近は色の褪《あ》せた苔もいいと思うようになってきた。

兼好の言葉に倣えば、「苔は盛りに庭は隈《くま》なきをのみ見るものかは」。

京都嵐山の竹林の小径《こみち》を抜けると、大河内《おおこうち》山荘がある。時代劇などで知られる俳優大河内傳次郎《でんじろう》が別荘として造営した回遊式庭園である。

ある年の二月に散歩中に立ち寄ると、かなりよかった。苔は信じられないような色をしていた。オレンジ色にも見えた。それで私は冬にも苔を見に行くようになった。

無粋な花見について

当たり前の話だが、昔の花見は山桜を見ることである。

ソメイヨシノは、日本原産種のエドヒガン系の桜とオオシマザクラの交配で生まれた園芸品種であり、明治になってから広まったもの。

だから『万葉集《まんようしゆう》』や『古今和歌集』で詠まれているのは山桜だ。

花見の歴史は古く九世紀初頭の嵯峨《さが》天皇の頃だが、鎌倉・室町時代になると、貴族の風習だったものが武士階級にも広がっていった。

こうした時代を皮肉ったのが兼好である。

片田舎の人こそ、いろこく、よろづはもて**興**ずれ。**花**のもとには、ねぢよりたちより、あからめもせずまもりて、**酒飲み連歌**して、**果て**は、**大**きなる**枝心**なく**折**り**取**りぬ。**泉**には**手足**さしひたして、**雪**には**下**り**立**ちて**跡**つけなど、よろづの**物**、よそながら**見**ることとなし。（第一三七段）

片田舎の人間に限って、しつこく、なんでも面白がる。桜の木に体をねじるようにして近寄り、よそ見もせずに凝視《ぎょうし》する。そうかと思うと、酒を飲み連歌して、あげくの果てには大きな枝を折って持っていく。

泉があれば手足をつっこみ、雪が降ればわざわざ足跡をつける。万時、距離を置いて

――眺めるということができない。

兼好は賀茂《かも》祭《まつり》を見物する無粋な連中を描写した。

彼らは酒を飲み、物を食い、囲碁・双六などで遊ぶ。桟敷《さじき》には見張りを置き、「行列が渡ってきます」と声がかかれば、あわてふためいて、我先にと桟敷に駆け上がる。そして、一つも見逃すまいと血眼《ちまなこ》になり、誰かが通るたびに「ああだ、こうだ」と評論する。

都の人でそれなりの身分に見える人は、このような振る舞いをしない。賀茂祭には古式で優美な車が集まってくるが、祭りが終われば、都大路《みやこおおじ》も静かになる。こんなところにも有為《うい》転変《てんぺん》の世の習いが思い知らされる。それを見てこそ、祭りを見たと言うのだ。

下品な人間とそうでない人間は、同じものを見ても、映っているものは違う。

「酒は百薬の長」は本当か？

兼好は言う。

あるはまた、我が身いみじきことども、かたはらいたく言ひ聞かせ、あるは酔ひ泣きし、下ざまの人は、罵《の》りあひ、いさかひて、あさましくおそろし。（第一七五段）

自分がいかに偉いかという自慢を、聞き苦しいほどに言い散らし、あるいは酔って泣き出し、下賤の者は罵《ののし》り合ったり、ケンカをしたりで、あきれるばかりで恐ろしい。

酒は百薬の長とは言うが、あらゆる病気は過度の飲酒から起こる。

酒を飲めば憂《うれ》いを忘れるともいうが、酔っ払いはかえって昔のつらく悲しい出来事を思い出して泣く。そして後世については、酒を飲めば知恵を失って、せっかくの善行をだいなしにする。

――それは、まるで火が物を焼きつくすようなもので、悪業を増やしあらゆる戒律を破って、地獄に堕ちるに違いない。

飲みすぎがよくないのは事実だが、そこまで言わなくてもいいのにね。もっとも兼好は酒の「効能」についても書いている。酒自体を嫌ったわけではない。

夜の参詣

兼好は言う。

神・仏にも、人のまうでぬ日、夜参《まゐ》りたる、よし。（第一九二段）

――神社や仏閣にも、人の参詣しない日、夜間にお参りするのがよい。

一行だけの短い段である。
これは本当にそう思う。神社仏閣には静かにお参りしたほうがいい。八月一五日に靖国《やすくに》神社で軍人コスプレとかやっている連中を見ると、口に出してはいけない言葉を吐きたくもなる。

危険な恋ほど面白い

兼好は言う。

しのぶの浦の蜑《あま》の見るめも所せく、くらぶの山も守《も》る人しげからんに、わりなく通はん心の色こそ、浅からず、あはれと思ふふしぶしの忘れがたきことも多からめ、親はらから許して、ひたふるに迎へ据ゑたらん、いとまばゆかりぬべし。（第二四〇段）

陸奥《むつ》の信夫の浦に、海藻の「みるめ」を刈る海人がいるように、忍んで会うにも人目がわずらわしく、暗いことで有名な「くらぶ山」と同じように夜陰に紛れようにも見張りがきびしいのに、無理をして女と会おうとする情熱的な恋には、心底感動的な思い出も折々に多く残るだろう。

一方、親兄弟公認の仲となり、何の支障もなく女を妻として迎えられるのは、女のほうも照れくさく決まりが悪いものである。

生活に困っている女が、似つかわしくない老いた法師や、賤しい東国人であっても、裕福であるのに惹かれて、「お誘いがあるならば」などと言うのを、仲人が、男も女もどちら側も「奥ゆかしい人柄である」と言いくるめた結果、知られもせず、知りもしない女を連れてきて妻にしてしまうというつまらなさよ。

そのような関係では、何を会話のきっかけにすればいいというのだ。

長い年月会えなかった苦しみを、「障害がたくさんありましたね」と語り合うような関係であってこそ、話題も尽きることがないだろうに。

だいたい、赤の他人が取り持った関係は、とかく気まずいことが多いだろう。

もし女が立派な出自であるならば、身分が低く、容貌が悪く、歳を取っている男は、こんなつまらぬ自分のために、むざむざ身を損なうことがあろうかと、心の中に秘めていて、女と向かい合っていても、自分の身がみっともなく思えてくる。これはたいそう味気ないことだ。

梅の香に満ちた夜の朧月《おぼろづき》の光の下、女の家の前を行きつ戻りつし、垣根の露を分けて帰る有明の空の風情を、自分の身のこととして思えない人は、色恋などに関わらないのに限る。

兼好も恋多き人物だった。

私は以前、『瀬戸内花言葉』という曲の歌詞を書いたことがある。

白いレモンの花びらが
闇夜に光る　午後八時
君の返事は　吐息だけ

舟に乗るより潮に乗れ
ここは瀬戸内　燧灘《ひうちなだ》
あゝ　花言葉は「情熱」だって

白いスダチの花びらが
闇夜に香る　午後八時
潮待ち　風待ち　あの娘待ち
ぼくの身体は　星に濡れ
舟はお終《しま》い　播磨灘《はりまなだ》
あゝ　花言葉は「純潔」だって

白いミカンの花びらが
闇夜に浮かぶ　午後八時
村上水軍　恋敵

島を渡れば　人目もなくて
指が重なる　安芸《あき》の灘
あゝ　花言葉は「清純」だって
あゝ　花言葉は「清純」だって

瀬戸内の若い男女が逢引する話だ。

作曲は、井上陽水《いのうえようすい》の『少年時代』などで有名な平井夏美《ひらいなつみ》さん、ミュージシャンの河口《かわぐち》京《きょう》吾《ご》さん。編曲は、日本レコード大賞編曲賞を二年連続で受賞した伝説のアレンジャー萩田光雄《はぎたみつお》さん。歌は愛媛県内子《うちこ》町出身の三田《みた》杏華《きょうか》さん。そしてプロデュースは松田聖子《まつだせいこ》を発掘して育てた若松宗雄《わかまつむねお》さん。クオリティの高い名曲だけど、あまり売れなかった。

何か危険な部分が世の中の人々に察知されたのかもしれない。

第八章

人付き合いと会話の心得

人間観察の技術

人間は社会的動物である。

程度の差こそあれ、俗世間と付き合わずには生きていけない。

兼好は人付き合いと会話の心得を述べたが、そこにあるのは徹底した人間観察である。

兼好は第五六段で《をかしきことを言ひてもいたく興ぜぬと、興なきことを言ひてもよく笑ふにぞ、品《しな》のほど計られぬべき》と言った。

長い間離れていて、久しぶりに会った人が、自分の身に起こったことを、あれこれ残るところなく語り続けるのは、興覚めなものだ。たとえ、隔《へだ》てなく付き合っていた人であっても、久しぶりに会うときには、多少は遠慮が起こらないものだろうか。

品性が劣る人間は、ちょっと出かけただけでも、今日あった出来事だといって、息もつかずに一気に話して、悦に入るものだ。

身分も教養もある人が話すときは、どれほど人がたくさんいても、その中の一人に向けて話している風で、自然と周りの人も耳を傾けるようになる。

無教養な人は、誰を相手ということもなく、大勢の中で出しゃばって、いま見ていることのように面白おかしく話すので、一座、みな一斉に大声で笑い、実に騒がしい。

面白いことを言ってもその面白さがわからないのと、面白くないことを言ってもよく笑うのは、それにより、人品の程度もよくわかるというものだ。

このように兼好は述べる。要するに、何を面白いと感じるかにより、品位が測られてしまうということだ。

ニーチェは《或る女性がどんなふうに、またどんなときに笑うかは、彼女の教養のほどを示す目印となる》（『人間的、あまりに人間的』）と言った。

兼好から学ぶべきことは、人間を見る「目」である。

巧妙な嘘に気をつけろ

詐欺師は九割の真実の中に一割の嘘をまぎれこませる。多くの人々は、いちいち足を止めて考えたりしないので騙されてしまう。
兼好は「とにもかくにも、虚言多き世なり」と嘆いた。

世間に語り伝えられていることとは、事実ばかりでは面白みが欠けるせいか、多くは作り話であると。人は事実より大げさに話をつくる。まして、年月が過ぎて、場所も隔たっていたら、言いたい放題のでっちあげた話が、文字に書き留められ定説になってしまう。
一番タチが悪いのが、もっともらしい嘘だ。

げにげにしくところどころうちおぼめき、よく知らぬよしして、さりながら、つまづ

まあはせて語る虚言は、恐しきことなり。（第七三段）

いかにももっともらしく、ところどころはぐらかしながら、よく知らないふりをして、そのくせつじつまを合わせて語る嘘は、罪深く恐ろしいものだ。

ただし、兼好は神仏による奇跡や高僧伝の類は、頭から否定するようなものではないと言う。

信じるのも否定するのも意味がない。だから、おおよそは、さも本当にあったかのように受け取っておき、むやみに信じたり、頭から疑ったり馬鹿にしたりしてはいけないと。

本当に知恵のある人間は理性により非合理的なものを切り捨てたりはしない。人間はそもそも非合理的な存在であることを知るからだ。

半可通はみっともない

兼好は言う。

何事も入りたたぬさましたるぞよき。よき人は、知りたることとて、さのみ知り顔にやは言ふ。片田舎《かたゐなか》よりさし**出**でたる**人**こそ、よろづの**道**に**心得**たるよしのさしいらへはすれ。（第七九段）

何事も深く知らない様子をしているのがよい。立派な人は、知っていることでも、よく知っているような顔では言わない。片田舎から京に出てきた無教養な人間に限って、あらゆる道を心得たように受け答えをするのである。聞いているほうが恥ずかしくなるようなこともある。言っている本人も自分のことを立派だと思っている様子が、みっともない。

いわゆる半可通《はんかつう》というやつである。

昔も今もバカの割合はそれほど変わらないと思うが、バカが恥じらいもなく発言するようになったのが近代だ。私の好きな三島由紀夫のエピソードを紹介しておく。

《戦後の若い人たちが質問に応じて堂々と自分の意見を吐くのを、大人たちは新しい日本人の姿だと思って喜んでながめてゐるが、それくらいの意見は、われわれの若い時代にだってあつたのである。ただわれわれの若い時代には、言ふにいはれぬ羞恥心があつて、自分の若い未熟な言論を大人の前でさらすことが恥かしく、またためらはれたからであつた。そこには、自己顕揚の感情と、また同時に自己嫌悪の感情とがまざり合ひ、高い誇りと同時に、自分を正確に評価しようとするやみ難い欲求とが戦つてゐた。

いまの若い人たちの意見の発表のしかたを見ると、羞恥心のなさが、反省のなさに通じてゐる。

私のところへ葉書が来て、

「お前は文学者でありながら、一ページの文章の中に二十幾つのかなづかひの間違ひをしてゐるのは、なんといふ無知、無教養であるか。さつそく直しなさい」

といふ葉書をもらったことがある。この女性は旧かなづかひといふものを知らないのみならず、自分の無知を少しも反省してみようとしないのであつた》（「若きサムライのための精神講話」）

鮨屋で薀蓄《うんちく》を垂れる奴とか、同席していて苦痛でしかない。

居酒屋で「熱燗《あつかん》をぬる燗でください」と言う奴を見たこともある。

熱い燗酒が熱燗で、ぬるい燗酒がぬる燗である。

一体、どっちなんだ！

人は外見で判断できる

「人を見た目で判断してはいけない」と親や学校からは教えられる。

「ああいう風に見えるけど、本当はいい人なのよ」という言葉もある。

しかし、見た目が変なやつは、大抵の場合、変である。

兼好は言う。

狂人の真似とて大路《おほち》を走らば、すなはち狂人なり。悪人の真似とて人を殺さば、悪人なり。（第八五段）

狂人の真似といって大路を走るなら、狂人である。

悪人の真似といって人を殺せば悪人である。

驥《き》（千里を走る駿馬）を真似る馬は驥の同類である。

舜《しゅん》（中国神話に登場する君主。五帝の一人）を真似る政治家は舜の仲間である。

偽《いつわ》りであっても賢人を手本に学ぶ人を賢人というべきである。


人は外見で判断すべきである。

他人の内面など永遠に見ることができないのだから。

米紙「ワシントン・ポスト」によると、顔分析システム「Faception」が、パリ同時多発テロ事件の実行犯一一人のうち九人を「テロリスト顔」と判別したという。このシステムがもし警備に導入されていたら、テロを防ぐことができたか、少ない被害で済んでいたかもしれない。

テロリストの顔には特徴があり、このシステムはそれを一瞬にして検知。現時点で判別の精度は八〇パーセントで、他にもロリコン、知能犯罪者、天才、優れたポーカープレイヤーなど、一五のパーソナリティーを見抜くことができるとのこと。

詐欺師は詐欺師のような顔をしているし、デマゴーグはデマゴーグのような顔をしているし、橋下徹《はしもととおる》は橋下徹のような顔をしている。

人の心を傷つけない

兼好は言う。

身をやぶるよりも、心をいたましむるは、人をそこなふことなほ甚だし。（第一二九段）

孔子の第一の弟子である顔回《がんかい》は、信条として人に苦労をかけまいとしていた。

総じて、人を苦しめたり、傷つけることは論外だが、身分の低い庶民であっても、意志を尊重すべきで、まげてはならない。また、幼い子を騙したり、おどしたりして面白がることがある。

大人にとっては、本心からのことではないので、平気かもしれないが、子供心には骨身にしみるほど恐ろしく恥ずかしく、情けないと思うものだ。

子供を困らせて面白がることも、慈悲の心があるとは言えない。

大人の喜怒哀楽も、見せかけの現象ではあるが、それでもそれらが実在すると錯覚するし、誰もが執着する。だから、体を損なうよりも、心を傷つけるほうが、人を損なうので注意が必要だ。

病気の多くも心が原因である。

薬を飲んで汗を出そうとしても効果がないことがあるが、恥じたり恐れたりすることがあると、必ず冷や汗が出るのも心のはたらきだ。

凌雲観《りょううんかん》の額の字を書いて、恐怖のため瞬時に白髪頭になった例もないわけではない。凌雲観は魏《ぎ》の文帝《ぶんてい》が洛陽《らくよう》に築かせた楼閣である。凌雲観に額を書かせるため書家を楼上に登らせたが、恐怖のため下りてきたときには髪が真っ白になっていたという。

マウンティングは下品

人に**本意**《ほい》なく**思**はせて**我**が**心**をなぐさまんこと、**徳**にそむけり。(第一三〇段)

勝負を好む人は、勝つと面白いからである。自分の技がまさっていることを喜ぶのだ。だから負けたら面白くないのはわかりきっている。

自分がわざと負けて人を喜ばせようとしても、遊びとしては面白くないはずだ。

相手を残念な気持ちにさせて、自分の心を慰めようとするのは道義に背いている。仲がいい相手とふざけていても、人を騙して、自分の知恵のほうがまさっていることを面白がるのも非礼である。遊興や酒宴の席でやったことがいつまでも消えない遺恨の原因になることもある。これらは、競争を好むことの弊害である。

人より優位に立とうと考えるなら、ひたすら学問をして、その知識が人よりまさるようにしたいと考えるのがよい。儒道を学ぶというならば、自分の長所を誇りとせず、朋輩と争ってはならぬことを知るからだ。顕職（地位の高い官職）も辞退し、巨利も放擲《ほうてき》するのは、ただ学問の力によるのである。

周辺にいる人物に対し、優位に立ったところで意味はない。マウンティングで自分を大きく見せるのは、恥ずかしい行為である。

無駄話をしない

世の人相逢《あひあ》ふ時、暫くも黙止《もだ》することなし。必ず言葉あり。そのことを聞くに、多くは無益《むやく》の談なり。世間の浮説《ふせつ》、人の是非、自他のために、失多く得少し。（第一六四段）

世間の人が互いに顔を合わせたとき、少しの間でも黙っていることはない。必ず何か話をする。その内容を聞くと、多くは無益な話である。世間の噂話、他人の人物評……。このようなおしゃべりは、お互いにとって失うものは多く、得るものは少ない。つまらぬ話をするとき、お互いの心の中では、その無益さに気づかないものだ。

噂話もくだらない奴の悪口も時間の無駄。

ゲーテは言う。

《あらゆる泥棒の中でバカが一番悪質だ。彼らは時間と気分の両方を盗む》

老人こそ謙虚であれ

兼好は言う。

大方は、知りたりとも、すずろに言ひ散らすは、さばかりの才にはあらぬにやと聞え、おのづから誤りもありぬべし。（第一六八段）

年老いた人が、一つのことに秀《ひい》でた才能があって「この人が死んだ後には、誰に尋ねたらよいのか」などと言われるのは、老いるのも悪くはないと思わせ、長生きするのも無駄ではないと思わせる。

しかし、そうは言っても、老人なのに衰えた気配が少しも見えずに、「この人は一生をこのことだけに費やしたのだな」と味気なく思える。何か聞かれたときには「今はもう忘れてしまった」とでも言っておきたいものだ。

一般に、知っていることでも無闇に言い散らすのは、「それほどの才能はないのではないか」と思われるものだし、自然に間違いもおかすであろう。「はっきりとは判断できない」と言うほうが、本当に、その道の大家だと思われるに違いない。

まして、相当の年配で反論もしかねるような身分の人が、知らないことを、したり顔で語り聞かせているのを、「そうではなかろう」と思いつつ聞いているのは、実にやりきれない。

権威を笠に着る人間のみっともなさを兼好は描いている。

成功を積み重ね、驕り高ぶった人間ほど、足を踏み外したときのダメージは大きい。

そういう「裸の王様」は、自分が軽蔑の対象になっていることに気づかない。

軽はずみは失敗の元

兼好は言う。

よろづの道の人、たとひ不堪《ふかん》なりといへども、堪能《かんのう》の非家《ひか》の人に並ぶ時、必ずまさることは、たゆみなく慎みて軽々しくせぬと、ひとへに自由《じいう》なるとのひとしからぬなり。

（第一八七段）

あらゆる道の専門家は、たとえ不十分なところがあると言っても、巧みな専門外の素人と比較して見ると、必ずそれより優れている。それは、専門家が怠けず節制し軽はずみにはしないことと、素人がひたすら勝手気ままであるという違いがあるからだ。

技芸や仕事ばかりではなく、日常の行動や配慮にしても、愚直で謙虚であるのが成功の元である。巧みであっても勝手気ままにやるのは失敗の元である。

兼好は自分と同じような「目が利く」人間を観察した。

そして専門分野に関しては、専門家の意見を重視すべきだと考えた。半可通の言葉は災いをもたらす。

不器用な人間が失敗するとは限らない。自分が不器用であることを自覚していればなおさらだ。

器用で驕り高ぶり、傲慢《ごうまん》な人間が失敗するのである。

バカは自分のものさしで他人を測る

兼好は言う。

つたなき人の、碁打つことばかりに聡く巧みなるは、賢き人の、この藝におろかなるを見て、おのれが智に及ばずと定めて、よろづの道の匠《たくみ》、我が道を人の知らざるを見

て、「おのれすぐれたり」と思はんこと、大きなる誤りなるべし。（第一九三段）

愚かな人間だが碁を打つのは上手い人間が、賢いけれども碁が下手な人を見て、「自分の知恵に及ばない」と決めてかかるのは見当違いである。

専門家が、自分の専門領域について他人が知らないのを見て、「自分がすぐれている」と思うのも大変な間違いだ。

教理に明るい僧と、座禅にはげむ僧が、たがいに相手を推し量り、「自分には及ばない」と思うのは、どちらも当たらない。

自分の専門領域ではない物事について、優劣を争ったり、論じてはならない。

すでに述べたとおり、新型コロナ騒動においても、一番声が大きかったのは、感染症の専門家ではなくて、畑違いのド素人だった。連中は専門家に罵声を浴びせ、最終的に精神の闇に落ち込んでいった。

達人は人を顔で見抜く

兼好は言う。

愚者の中の戯《たはぶ》れだに、知りたる人の前にては、このさまざまの得たる所、詞にても顔にても、隠れなく知られぬべし。(第一九四段)

達人が人を見抜く眼力は、少しも誤ることはない。

ある人が作り話を仕立て世に広め、他人を騙そうとしたとする。それを純真に本当と信じ込み、相手の言うままに騙される人がいる。

あまりに深く信じ込んで、さらにそこに、ごてごてと勝手な解釈で、話に尾ひれをつける人もいる。

また、嘘を聞いてもなんとも思わないで気にもとめない人がいる。

少しは不審に思って、信用するでもなく、信用しないでもなく、考え込んでいる人がいる。

真実とは思わないけど、「人が言うことだから、そうかもしれない」と思ってしまう人もいる。

また、あれこれ推測し、わかったふりをして賢そうに相槌《あいづち》を打ち、微笑を浮かべているが、何もわかっていない人もいる。

推理して真実を見破り、「ああそういうことだろう」と思いながらも、もしかしたら自分の考えに誤りが含まれていないかと疑う人もいる。

嘘とわかっているのに、口に出さず、知らない人と同じように暮らしている人もいる。

また、嘘であることを最初からわかっていても、それに反発もせず、嘘をつくった人と一緒になって、人を騙すのに協力する人がいる。

嘘を巡るこうした愚かな人間同士の戯れごとですら、真実を知っている人の前では、このような様々な省察の程度が言葉つきからでも、表情からもわかってしまう。

　ましていて、頭脳明晰な達人が、道理にうとい我々を見抜くことなど、たわいもないことだ。

――

兼好の時代も、今の日本もそれほど変わらない。
作り話を仕立て世に広め、他人を騙そうとする人々がいる。
それを真に受ける愚民もいる。
それを嘘と知りながら、指摘しない卑怯者もいる。
問題は頭脳明晰な達人が少ないことだ。

贈り物はさりげなく

恩着せがましい奴は面倒である。

言葉の端々に「恩を売ろう」という魂胆が表れる。

兼好は言う。

人に物を取らせたるも、ついでなくて、「これを奉らん」と言ひたる、まことの志なり。（第二三一段）

園別当入道《そののべつとうにゅうどう》（藤原基氏《ふじわらのもとうじ》）は、比類なき料理名人だった。ある人のところで、立派な鯉《こい》を出したので、人々は皆、別当入道の包丁さばきを見なくてはと思ったが、軽々しく言いだすのもどうかと躊躇《ちゅうちょ》していた。別当入道はさすがの人物で、「ここのところ、百日間毎日鯉を切っておりますのを、今日一日欠かすわけにはまいりません」と言って鯉をさばいた。これは、たいそうその場にふさわしく、興をそそられると人々は思った。

ある人が、この話を北山太政《きたやまだじょう》実兼公《さねかね》（西園寺《さいおんじ》実兼）に申し上げると、実兼公は「そのようなもったいぶった態度は私には実にこうるさく思える。『他に鯉を切る人がいなければ渡してください。私が切りましょう』とでも言ったならば、ずっとよかったろうに。なんで百日間も鯉を切っているなどと言うのか」と仰ったのは、面白く感じたとその人が言い、私もそう感じた。

だいたい、気取った振る舞いをしているものより、面白味はなくても、質朴な方がまさっているものである。客人のもてなしも、用意万端に整えたように演出するのもよいが、ただそれとなく持ち出すことが最上である。

人に物を与えるのも、これというきっかけもなく、「これを差し上げます」と渡すのは真実の好意である。わざと惜しむふりをして相手に感謝させようとしたり、勝負事の負けた罰にかこつけたりするのは、嫌味なものだ。

若者が利巧ぶるのはみっともない

兼好は言う。

若き人は、少しのことも、よく見え、わろく見ゆるなり。（第二三二段）

ある人の子で、外見などの悪くない少年が、父親の前で、漢籍の歴史書の言葉を引用していたのは、賢そうには思えたが、目上の人の前で、そこまでしなくてもと思われたのである。

また、ある人のところで、琵琶《びわ》法師の語りを聞こうということで、琵琶を持ってこさせたところ、弦を押える柱《じゆう》が一つ外れ、どこかに行ってしまった。主人が「新しく作って取りつけよ」と言うと、居合わせた者の中で、品の悪くなさそうに見えた男が、「使い古しの柄杓《ひしやく》の柄《え》はありませんか」などと言っているのをふと見ると、爪をのばしている。

琵琶など弾くに違いない。

しかし、これは盲目の法師の弾く琵琶である。そうした計らいをしても仕方がない。自分が琵琶の道に通じているところを見せようと思ったのだろうが、いたたまれない思いがした。

しかもある人が、「柄杓の柄は檜物《ひもの》に使う木であり、琵琶の柱には向かない」と言っていた。

若い人は、少しのことでも立派に見えたり、ぶざまに見えたりするものである。

自分の才能をひけらかそうとすると失敗する。

半可通はいつの時代でも嘲笑の対象となる。

言葉遣いは大切

よろづの咎あらじと思はば、何事にもまことありて、人を分かず、うやうやしく、言葉少からんには如《し》かじ。男女老少《なんにょらうせう》、皆さる人こそよけれども、ことに若くかたちよき人の、言《こと》うるはしきは、忘れがたく、思ひつかるるものなり。（第二三三段）

万事につけてあやまちがないように心がけるなら、何事にも誠実であり、誰も差別せずに礼儀正しく、口数の少ないのに越したことはない。老若男女、すべてそのような姿勢がよいのであるが、特に若くて容貌の美しい人で、言葉遣いが丁寧な人は、一度会えば忘れがたく、魅力を感ずるものである。あらゆるあやまちは、物馴れた様子で達者ぶったり、したりげな態度で、人を軽んずる姿勢から始まる。

本当にすぐれている人間は謙虚である。そして礼儀正しい。

「思わせぶり」はみっともない

兼好は言う。

人の、物を問ひたるに、知らずしもあらじ、ありのままに言はんはをこがましとにや、心惑はすやうに返事《かへりこと》したる、よからぬことなり。（第二三四段）

他人が何か質問してきたときに、「この人も、まったく知らないわけでもあるまいし、ありのままに返答するのはばかばかしい」と思うのか、相手の心を混乱させるような返事をするのはよくないことである。

知っていることでも、もっと正確に知りたいと思って、質問しているのかもしれない。

また、本当にそのことを知らない人もいないとは限らない。

はっきりと説明してやるほうが、思慮深く聞こえるだろう。

他人がまだ聞きつけていないことを、自分だけが知っているような場合、いい気になって、「それにしても、あの人の、あの事件にはあきれかえりました」などと言うと、聞いているほうは「いったいどんなことがあったのか」と折り返し質問する。そういう質問をする側は不快に思っているものだ。

世間では周知になっていることでも、たまたま聞き漏らした人もあるだろう。はっきりと告げることが、悪いわけはないだろう。

このような不十分な言い方は、世間知らずの人間がよくやることである。

兼好は知ったかぶり、思わせぶりの人間の心の汚さを見抜いていた。

狂っているのは思考停止したお前らだ！

人間は大人になると子供の頃、不思議に思っていたことを忘れてしまう。
純真な心をなくし、「世の中は、まあ、こんなものだろう」と受け入れる。
たしかに、考えても意味がないことを考えるのは意味がない。
しかし、考えることに意味があることも、大人は思考を止めてしまう。
世間と折り合いをつけたり、妥協するためだ。
兼好法師は思考を止めなかった。
決して妥協しなかった。
見たものは、「見た」と言った。
おかしいことには「おかしい」と言った。

八つになりし年、父に問ひて云はく、「仏は如何《いか》なるものにか候《さうら》ふらん」といふ。父

が云はく、「仏には、人の成りたるなり」と。また問ふ、「人は何として仏には成り候ふやらん」と。父また、「仏の教によりて成るなり」と答ふ。また問ふ、「教へ候ひける仏をば、何が教へ候ひける」と。また答ふ、「それもまた、先の仏の教によりて成り給ふなり」と。また問ふ、「その教へ始め候ひける、第一の仏は、如何なる仏にか候ひける」といふ時、父、「空よりや降りけん。土よりや湧きけん」と言ひて笑ふ。「問ひつめられて、え答へずなり侍りつ」と、諸人《しよにん》に語りて興じき。（第二四三段）

八歳の兼好は、父親を質問攻めにした。
兼好「仏とは何か？」
父親「人が仏になったのだ」
兼好「人はどうやって仏になったのか？」
父親「仏の教えによりなったのだ」
兼好「それを教えた仏は誰に教えられたのか？」
父親「それはその前の仏の教えにより仏になったのだ」

兼好「そうやって遡《さかのぼ》っていくと、最初の仏はどのような仏なのか？」
父親は最後に「空から降ってきたのか、土からわいたのか」と言って笑った。
そして、「息子に問い詰められて答えられなくなった」と、いろいろな人に語った。

兼好は世界を単純に解釈するのを拒絶した。
兼好が言いたかったのはこういうことだ。
達観するな！
高を括るな！
誤魔化《ごまか》すな！
目の前にあるものを見よ！
見たものは、「見た」と言え！
狂っているのは思考停止したお前らだ！

おわりに　人間の本性は変わらない

あだし野の露消ゆる時なく、鳥部山《とりべやま》の煙立ち去らでのみ住み果つる習ひならば、いかにもののあはれもなからん。世は定めなきこそいみじけれ。（第七段）

第四章で述べたように、化野は古来、風葬の地だった。

古語「あだし」には、「はかない」「むなしい」という意味がある。兼好も世の「はかなさ」「むなしさ」について書いた。世の中は変化する。

その一方で、人間の本性が変わらないことを示したのも『徒然草』である。

帝政ローマ時代のギリシャ人哲学者・著述家プルタルコスが、当時の街場の人々から支配層、偉人哲人まで辛辣に描写し、二〇〇〇年程度では変わらない人間の業を描きだしたように、兼好の筆も人間の本性を暴き立てる。

小林秀雄は言う。

《「徒然わぶる人」は徒然を知らない、やがて何かで紛れるだらうから。やがて「惑の上に酔ひ、酔の中に夢をなす」だらうから。兼好は、徒然なる儘に、徒然草を書いたのであって、徒然わぶるまゝに書いたのではないのだから、書いたところで彼の心が紛れたわけではない。紛れるどころか、眼が冴えかえつて、いよいよ物が見え過ぎ、物が解り過ぎる辛さを、「怪しうこそ物狂ほしけれ」と言つたのである》（「徒然草」）

「わぶる」とは「嘆く」という意味だ。

無駄に長生きすれば、汚いものも目に入ってくる。

そして絶望するが、眼が冴え、物が見えすぎる人間は、嘆くことにも飽き、黙る。そして再び書く。

言ひつづくれば、**皆源氏物語・枕草子**《まくらのさうし》などにことふりにたれど、**同**じことまた**今**さらに**言**はじとにもあらず。おぼしきこと言はぬは**腹**ふくるるわざなれば、**筆**にまかせつつあぢきなきすさびにて、かつ**破**《や》り**捨**つべきものなれば、**人**の**見**るべきにもあらず。

（第一九段）

自分の書いたものは、筆が走るのに任せたつまらぬ慰みものであり、書いたそばから破り捨てるべき代物でもあるので、わざわざ人が見る価値もないと兼好は啖呵《たんか》をきったわけだ。

兼好には人間の本性が見えていた。

そして腐った世の中に辛辣な言葉を投げつけた。

『徒然草』は兼好の闘いの記録である。

適菜 収

参考文献

『新訂 徒然草』吉田兼好／西尾実、安良岡康作校注（岩波文庫）
『徒然草』兼好／島内裕子校訂・訳（ちくま学芸文庫）
『新版徒然草 現代語訳付き』兼好法師／小川剛生訳（角川ソフィア文庫）
『小林秀雄全集』（新潮社）
『ニーチェ全集』（ちくま学芸文庫）
『決定版 三島由紀夫全集』（新潮社）
『ゲーテとの対話』エッカーマン／山下肇訳（岩波文庫）
『大衆の反逆』オルテガ・イ・ガセット／神吉敬三訳（ちくま学芸文庫）
『政治における合理主義』マイケル・オークショット／嶋津格他訳（勁草書房）

※初出「適菜収のメールマガジン」２０１９年7月26日～２０２１年5月31日

切りとり線

★読者のみなさまにお願い

この本をお読みになって、どんな感想をお持ちでしょうか。祥伝社のホームページから書評をお送りいただけたら、ありがたく存じます。今後の企画の参考にさせていただきます。また、次ページの原稿用紙を切り取り、左記まで郵送していただいても結構です。

お寄せいただいた書評は、ご了解のうえ新聞・雑誌などを通じて紹介させていただくこともあります。採用の場合は、特製図書カードを差しあげます。

なお、ご記入いただいたお名前、ご住所、ご連絡先等は、書評紹介の事前了解、謝礼のお届け以外の目的で利用することはありません。また、それらの情報を6カ月を越えて保管することもありません。

〒101-8701（お手紙は郵便番号だけで届きます）
祥伝社　新書編集部
電話03（3265）2310
祥伝社ブックレビュー　www.shodensha.co.jp/bookreview

★本書の購買動機（媒体名、あるいは○をつけてください）

＿＿＿＿新聞の広告を見て	＿＿＿＿誌の広告を見て	＿＿＿＿の書評を見て	＿＿＿＿の Web を見て	書店で見かけて	知人のすすめで

★100字書評……100冊の自己啓発書より「徒然草」を読め！

名前

住所

年齢

職業

適菜 収　てきな・おさむ

1975年、山梨県生まれ。作家。ニーチェの代表作「アンチクリスト」を現代語訳した『キリスト教は邪教です！』『小林秀雄の警告 近代はなぜ暴走したのか？』『日本をダメにした B層の研究』（ともに講談社）など著書40冊以上。近著に『ナショナリズムを理解できないバカ 日本は自立を放棄した』（小学館）、『コロナと無責任な人たち』（祥伝社）、『思想の免疫力 賢者はいかにして危機を乗り越えたか』（中野剛志氏との共著、KK ベストセラーズ）など。

100冊《さつ》の自己啓発書《じこけいはつしよ》より
「徒然草《つれづれぐさ》」を読《よ》め！

適菜《てきな》 収《おさむ》

2021年11月10日　初版第１刷発行

発行者……………辻 浩明
発行所……………祥伝社《しょうでんしゃ》
〒101-8701　東京都千代田区神田神保町3-3
電話　03(3265)2081(販売部)
電話　03(3265)2310(編集部)
電話　03(3265)3622(業務部)
ホームページ　www.shodensha.co.jp

装丁者……………盛川和洋
印刷所……………萩原印刷
製本所……………ナショナル製本

Printed in Japan ISBN978-4-396-11640-8 C0295

〈祥伝社新書〉
令和・日本を読み解く

570
資本主義と民主主義の終焉
平成の政治と経済を読み解く
歴史的に未知の領域に入ろうとしている現在の日本。両名の主張に刮目せよ
法政大学教授 水野和夫
法政大学教授 山口二郎

571
二度目の日本
幕末、敗戦、平成を越えて
令和日本はどうあるべきか。多くの著作で予測を的中させた著者の最後の提言
作家・評論家 堺屋太一

541
日本の崩壊
日本政治史と古代ローマ史の泰斗が、この国の未来について語り尽くす
東京大学名誉教授 御厨 貴
東京大学名誉教授 本村凌二

628
コロナと無責任な人たち
政治家、知識人の堕落を暴き、知性なき国家の惨状を晒す。
作家 適菜 収

637
異形の政権
菅義偉の正体
菅政権とは何だったのか——。メディアが報じなかった実像に迫る！
作家・元外務省主任分析官 佐藤 優
山口二郎